# 莎士比亚的妹妹

## 伍尔芙随笔集

*Shakespeare's sister*

【英】弗吉尼亚·伍尔芙◎著

伍厚恺　王晓路◎译

四川文艺出版社

图书在版编目（CIP）数据

莎士比亚的妹妹：伍尔芙随笔集／（英）弗吉尼亚·伍尔
芙著；伍厚恺，王晓路译. —成都：四川文艺出版社，2019.1
（2021.1重印）

ISBN 978-7-5411-4959-7

Ⅰ.①莎… Ⅱ.①弗… ②伍… ③王… Ⅲ.①随笔—作品
集—英国—现代 Ⅳ.①I561.65

中国版本图书馆CIP数据核字（2018）第254339号

SHASHIBIYA DE MEIMEI: WUERFU SUIBI JI

# 莎士比亚的妹妹：伍尔芙随笔集

[英]弗吉尼亚·伍尔芙　著

伍厚恺　王晓路　译

责任编辑　李　博　范雯晴
封面设计　叶　茂
封面绘图　[英]托马斯·弗朗西斯·迪克西
内文设计　史小燕
责任校对　段　敏
责任印制　喻　辉

出版发行　四川文艺出版社（成都市槐树街2号）
网　　址　www.scwys.com
电　　话　028-86259287（发行部）028-86259303（编辑部）
传　　真　028-86259306

邮购地址　成都市槐树街2号四川文艺出版社邮购部　610031
排　　版　四川胜翔数码印务设计有限公司
印　　刷　阳谷毕升印务有限公司
成品尺寸　140mm×203mm　1/32
印　　张　7　　　　　　　　　字　　数　150千
版　　次　2019年1月第一版　印　　次　2021年1月第二次印刷
书　　号　ISBN 978-7-5411-4959-7
定　　价　38.00元

# 译　序

　　伍尔芙（1882—1941）是20世纪欧洲最杰出的女作家，意识流小说的主要代表，也是欧洲女权运动的一位先驱者。她原名艾德琳·弗吉尼亚·斯蒂芬，父亲莱斯利·斯蒂芬爵士（1832—1904）是著名的评论家和传记作家，母亲也博学多才、有所著述，家庭文化氛围极为浓厚。她虽然不能同哥哥、弟弟一道就读于剑桥那样的著名学府，但从父母亲那里得到了充分的教育，并在家庭丰富的藏书中获取了广博的学识。1904年莱斯利爵士去世，伍尔芙兄妹们从伦敦的肯辛顿花园迁至布卢姆斯伯里，剑桥大学许多具有自由思想的朋友常来他们家聚会，形成了一个文化艺术团体，即著名的"布卢姆斯伯里集团"，伍尔芙被称为"高雅之士的王后"。在这个团体里，有传记作家里顿·斯特拉奇、小说家E. M. 福斯特、印象派画家和艺术批评家罗杰·弗莱伊、经济学家J. M. 凯因斯等，以及后来成为伍尔芙丈夫的伦纳德。也就是在这个时候，伍尔芙参加了当时的女权运动并开始写作和投稿，于1915年出版了她的第一部小说《远航》。1917年，伦纳德购置了一部印刷机，两人开办了霍加斯出版社，陆续推出了伍尔芙的一系列作品：《夜与日》（1919）、《雅各的房间》（1922）、《达罗卫夫人》（1925）、《到灯塔去》（1927）、

《海浪》（1931）等，并出版了T.S.艾略特、K.曼斯菲尔德、E.M.福斯特等当时还属新进作家的作品和弗洛伊德的著作。从20世纪20年代起，伍尔芙在文学界声誉日隆，她大胆地突破传统的自然主义写实手法，以富于抒情性和音乐感的笔触描绘人内心的"理想、梦幻、想象和诗意"，形成了自己独特的意识流写作风格。今天，人们谈到欧洲小说的时候不能不谈到意识流小说，而谈到意识流小说的时候，不能不同普鲁斯特、乔伊斯一起谈到伍尔芙。

在伍尔芙的丰硕创作成果中，随笔构成了一个重要的组成部分。她从1904年起便开始向《卫报》《泰晤士报》文学增刊、《学术与文学》《国民评论》等报刊匿名投稿，后来又担任了欧美许多重要报刊的特约撰稿人。她的随笔，有的生前即集为《普通读者》《普通读者续集》出版，有的死后由丈夫伦纳德编为多部随笔专集和四卷本随笔选出版，近年在英美等国又陆续出版发行了她的六卷本随笔集。

其实，随笔历来是欧洲文学、特别是英国文学宝库里的一宗奇珍。英国的戏剧、诗歌和小说固然拥有一长串辉煌的名字：乔叟、莎士比亚、弥尔顿、菲尔丁、理查逊、华兹华斯、拜伦、雪莱、简·奥斯丁、狄更斯、萨克雷、勃朗特姐妹、哈代……但英国随笔也会让我们想起从培根开始的一个悠久传统，其中有许多杰出的随笔家，如艾迪生、斯蒂尔、约翰逊、兰姆、德·昆西、哈兹利特、卡莱尔、麦考利、罗斯金、阿诺德、纽曼、吉辛……而且许多以戏剧、诗歌或小说著称于世的人也常常写随笔，就像伍尔芙那样。

随笔看似小道，却似乎比其他文学体裁还难。学问、才气、见识、情趣，四个条件缺一不可。有学问，才能给主题提供历史文化的丰厚背景，在极为有限的空间里开拓出文本指涉的大天地，否则便会像当今许多报纸副刊上的短文，怎么看也是个骨瘦如柴的小瘪三。可是一味地掉书袋做演讲也不成，随笔绝不是学术论文，所以它要求作者有才气，如伍尔芙所指出的，"在一篇随笔里，学问必须借助某种写作的魔法加以熔铸"(《现代随笔》)。随笔要写得声色并茂、摇曳多姿；但若只有才气而缺乏学问，那就缺了底气，很容易流于油滑的文字游戏和浮华的辞藻堆砌。不过，在一篇随笔里，学问与才气归根结底要服务于作者所欲表达的意见，因此随笔作者还须有深入的见解、独到的眼光，评人论事方能鞭辟入里，做到见人之所未见、发人之所未发。我们可以看到，伍尔芙讥评流俗时弊、抨击男权社会、讨论文学创作、评论作家艺术家和文学作品，都无不显示出她的真知灼见。而且，见识也不一定非要显得多么高深，所以伍尔芙将她的两部随笔集都题名为"普通读者"，强调普通人的常识具有极高的品格。确实，她常常能从日常小事和细枝末节中发掘出看似平常却很真切很深刻的道理来。随笔的最后的，但绝非微不足道的条件是情趣，正如伍尔芙所言："支配它的原则是它必须给人带来乐趣。"(《现代随笔》)而这，首先便要求作者自己是个有情趣的人，心灵迟钝的、拘谨刻板的、醉心名利的、满怀孤愤的人，本身就生活得缺乏情趣，当然也就非但写不好随笔，恐怕也根本就不会读随笔吧。这正好说明随笔的精髓在于"个性"，随笔是最能见作者真性情的文字；蒙田其人其文是融为一体的，伍尔芙其人其文也是如此。

世间兼备学、才、识、趣四者的人不多，若有这样的人做朋友，听他娓娓地谈话，那是人生难得的幸事；世间兼备这四者而又写随笔的人更少，所以能读到伍尔芙这样出色的随笔，应该更是人生的乐事了。只是一想到拙劣的译笔可能会妨碍读者真切地欣赏原作，心中便不免惴惴。

最后，我们要提一提伍尔芙过敏型的，甚至是病态的精神气质。1895年，由于受母亲去世的刺激，伍尔芙曾陷于精神崩溃；1904年父亲去世时，她再次发病，三度企图自杀未果；1941年3月28日，她自沉于萨塞克斯郡的乌斯河，终于结束了她饱受精神疾病折磨的一生。伍尔芙的精神病态和自杀的原因是复杂的，学术界至今还聚讼纷纭，在此不必多谈。但或许正是这种气质，一方面过早毁灭了伍尔芙如花的生命，另一方面却催生了她那永不凋谢的艺术奇葩。造物的玄机深不可测，谁说得清楚呢？

伍尔芙的随笔数量既多，题材的涉猎也很广，要从中挑选出在内容与艺术两方面均具代表性的各类篇目来，委实是一件难事。本书选译了伍尔芙的六组随笔，第一组四篇是直接关于随笔写作和文学一般问题的，第二组四篇属于当代文学和文学名著的评论，第三组三篇是关于女权主义的，第四组四篇是人物特写，第五组四篇是作者的生活回忆及随感，最后一组的六篇则涉及音乐、歌剧等多种艺术的评论。也许通过这些选篇，能帮助读者尽可能地窥见伍尔芙随笔的全貌。

由于未能预见的原因，本书的工作进程曾一度受到耽误，几乎难以如期完成。幸蒙王晓路博士慨然相助，承担了后两组文章

（以及《随笔写作的衰退》《莱斯利·斯蒂芬爵士印象》）的翻译，并以他对英国语言文学的深厚学养和流畅优美的译笔为本书增色不少，此外王枫林教授翻译了《萨拉·伯恩哈特》和《往事情怀》两篇，均在此致以谢意。

伍厚恺

2017年2月13日

# 目录

第一部分

关于随笔写作和文学的一般问题

# 我们应该怎样读书？

首先，我想强调一下我的题目结尾处那种诘问的语气。即使我自己能够回答这个问题，答案也只适用于我自己，并不适用于你们。说真的，一个人所能给予另一个人有关读书的唯一劝告，就是根本别听什么劝告，而要跟着自己的直觉走，要用你自己的理性，要得出你自己的结论。如果我们对这一点取得了一致意见，那我就感到可以随意地提出几点看法和建议了，因为你不会让它们束缚一个读书人所能具有的最重要的素质，即你的独立性。归根到底，能给书规定什么法则呢？滑铁卢之役肯定是在某一天打的；可是，《哈姆雷特》是比《李尔王》[1]更好的一部剧吗？谁也说不清楚。每一个人都必须自己来决定这个问题。让权威们——无论有多么高的学术身份与头衔——进入我们的图书馆，让他们来告诉我们怎样读书，读什么书，并给我们所读的书确定何种价值，那便是毁掉这些圣殿生命之所系的那种自由精神。在别的任何地方我们都可能受到法规和惯例的束缚——在这里我们绝不。

可是，为了享有自由——假如说这种陈词滥调情有可原的

---

[1] 《哈姆雷特》和《李尔王》均为莎士比亚的著名悲剧。

话——我们也理所当然地要自我控制。我们不能茫无头绪地、愚昧无知地滥用权力，为了浇灌一株玫瑰而把半个房子喷得湿淋淋的；我们必须准确有效地训练手中的权力，而且从此时此地就开始。也许，这就是我们在图书馆里首先面临的诸多困难之一吧。而什么叫作"此时此地"呢？图书馆里看来简直是密密匝匝、挨挨挤挤的一团混乱。诗歌和小说、历史和回忆、辞典和名人录；各种癖性、种族和年龄的男人和女人用各种语言写成的书籍，在书架上相互拥挤着。而在图书馆外面，驴子在嘶叫着，女人们在抽水唧筒那儿闲聊，马驹儿正奔驰在田野上。我们从何着手呢？我们怎样在这繁多杂乱的混沌中理出头绪来，以便从我们阅读的东西中获得最深最广的乐趣呢？

假如我们说，既然书是有类别的——小说、传记、诗歌，那么我们应该分别处理，从每一类里面吸取那类书籍理当给予我们的正确的东西，那倒是够简单的事情了。然而很少有人要求书籍给予我们它们所能够给予的东西。最为通常的情况是，我们带着模糊和分裂的观念来到书跟前，要求小说应当真实，要求诗歌应当虚假，要求传记应当谄媚，要求历史应当强化我们的偏见。如果我们在读书的时候能够摒弃所有这些先入之见，那才是一种值得赞赏的开始。不要对你的作者下指令；要努力使自己变成他才行。要做他的工作伙伴和同谋。假如你畏缩不前，从一开始就态度冷淡、吹毛求疵，那你就在阻止自己从你所读的书里获取最充分的教益。然而，假如你尽可能地敞开心扉，那么，从第一句话的曲折语义开始，微妙得几乎难以察觉的种种象征和暗示，就将把你带到与任何人也不相类似的一个人的面前。让自己沉浸于其中，让自己与其熟稔起来，你很快就会发现你的作者正在给你，或者正试图给你某种明确得多的东西。一部小说的整整三十章就是一种努力——假如我们首先考虑怎样读一部小说的话——它要对某种东西像建筑一样加以构建和控制；可是字词却比砖头更捉摸不定；阅读与用眼睛观看相比，也是一种更长期、更复杂的过程。或许，要理解小说家进行工作的原理，最快的办法不是读，而是写；自己对字词的危险和困难做一番试验。试回忆给你留下特殊印象的某件事情——也许在街的转角，你从两个正在谈话的人跟前走过。有棵树在摇晃；一只电灯泡在摆动；谈话的声调很滑稽，可又很悲怆；一个完整的景象，一个总体的意念，似乎就容纳在那一瞬间之中。

然而，当你试图用字词来重新构建起它的时候，你就会发现它分裂成了上千种相互冲突着的印象。某些必须加以抑制；其他的必须得到强化；在这个过程中，你很可能会整个地丧失掉对那种情感本身的把握。此后，你再从自己模糊不清、杂乱无章的稿纸转向某些伟大小说家——笛福[1]、简·奥斯丁[2]，或者托马斯·哈代[3]——读读他们小说开篇是怎么写的。现在，你就更有能力欣赏他们的高超技艺了。我们不仅仅是站在一个不同的人面前——笛福、简·奥斯丁或者托马斯·哈代——我们还生活在一个不同的世界里。在《鲁滨孙漂流记》里，我们跋涉在旷野的大道上；一件接一件事情发生了；事实和事实的秩序都是够清晰的了。可是，如果说对于笛福而言，野外生活和历险便是一切的话，

---

[1]　18世纪英国小说家，《鲁滨孙漂流记》的作者。

[2]　18世纪英国女作家，著有《傲慢与偏见》《爱玛》等小说。

[3]　19世纪后期英国小说家、诗人，著有《德伯家的苔丝》《卡斯特桥市长》《还乡》等小说。

那它们对简·奥斯丁来说则毫无意义。在她的小说里有客厅，有人正在谈话，而且他们的谈话就像许多面镜子，映照出了他们的性格。而当我们习惯了客厅和那些镜像的时候，假如我们又转向哈代，就会再一次晕头转向。荒原环绕着我们，繁星高悬在我们头上。心灵的另一面现在暴露出来了——在幽居独处中方才显露的黑暗面，而不是在与人交往中表现出来的光明面。我们不是与人发生关系，而是与自然和命运发生关系。然而，尽管这些世界各不相同，每个世界自身却是统一的。每个世界的创造者都小心翼翼地遵守着他自己的透视法则，而且无论他们会使我们多么心劳神拙，却绝不会像较差的作家那样使我们陷于混乱，后者在同一本书里弄进两类不同的现实，倒经常会这样。因此，从一位伟大的小说家转向另一位伟大的小说家——从简·奥斯丁转向哈代，从皮柯克[1]转向特罗洛普[2]，从司各特[3]转向梅瑞狄斯[4]——就是被猛然一拧、连根拔起；就是被往东一捧，又向西一扔。阅读小说是一种困难而复杂的艺术。假如你打算利用小说家——伟大的艺术家——给予你的所有教益，你就必须不仅具有非常精细微妙的感知力，而且要拥有极其大胆的想象力。

不过，往书架上那参差不齐的一大堆书瞥上一眼，就足以显示作家中是很少有"伟大的艺术家"的；远为经常的是，一本书根本就并不号称自己是一件艺术品。譬如，那些传记和自传，伟大人物的生平、死去很久并被遗忘了的人的生平，就紧紧挨着小说和

---

[1]　19世纪英国小说家、诗人。
[2]　19世纪英国小说家。
[3]　19世纪苏格兰诗人、小说家，欧洲历史小说的创始人。
[4]　19世纪后期英国小说家、诗人、批评家。

诗歌立在那儿，难道我们会因为它们并非"艺术"而拒绝去阅读它们吗？或者说，我们会阅读它们，但要以一种不同的方式、带着不同的目的去阅读吗？我们阅读它们，是不是首先为了满足某种好奇心呢？当我们黄昏时分踯躅于一幢房子跟前，里面的灯点亮了，窗帘尚未拉上，屋里每块地面上都在向我们显示现存人类生活的一个不同部分，那时候，我们就常常被这种好奇心所控制。就这样，对其他人的生活的好奇心便把我们吞没了——仆人们在闲聊，绅士们在用餐，姑娘在为一次聚会穿衣打扮，老妇人坐在窗前编织着。他们是谁，他们是干什么的，他们叫什么名字，还有他们的职业、他们的思想、他们的奇遇？

传记和回忆录就回答这样的问题，它们照亮数不清的像这样的房屋；它们让我们看到人们干着他们的日常事务，劳作啦，失败啦，成功啦，吃啦，恨啦，爱啦，直到他们死去。有时候，就在我们观看时，房屋消隐了，铁围栏也不见了，我们到了海上；我们正在捕猎啦，航行啦，战斗啦；我们置身于野蛮人和士兵之中；我们正在参加大规模的战役。或者，假如你喜欢待在英格兰，待在伦敦，场景也仍然在变幻：街道变窄了；房子变小了，很逼仄，装着菱形玻璃，散发着恶臭。我们看见一位诗人堂恩[1]，正被逼得从这样一所房子里搬出来，因为墙壁太薄了，小孩子哭叫的时候，他们的声音会穿过墙壁。我们可以跟着他，走过在书页里伸展着的小路，来到特威肯南姆[2]；来到贝德福德夫人的园林，一个贵族和诗人们聚会的地方；然后我们又调转脚步去威尔顿，那座在东

---

[1]　17世纪英国诗人，"玄学派"诗歌的代表。

[2]　伦敦地名，在泰晤士河畔。

南丘陵中的大邸宅,并听见锡德尼[11]在向他的妹妹朗读《阿卡狄亚》;我们接着又在沼泽地区漫游,看到在那部著名传奇里出现过的苍鹭;随后,我们同另一位彭布罗克夫人安妮·克里福德[2]一道再向北走,到她的荒原去,或者一头栽进城里,忍俊不禁地看着加布里埃尔·哈维穿着他那套黑天鹅绒衣服,正同斯宾塞[3]争论着有关诗歌的问题。在伊丽莎白时代的伦敦那交替出现的黑暗与辉煌中摸索和蹒跚,再没有什么比这更令人心醉神迷的了。但是我们不可能在伦敦停留。许多像坦普尔和斯威夫特、哈利和圣约翰[4]那样的人在召唤着我们呢;可以花上一个又一个小时来理清他们的争吵,理解他们的性格;当我们对他们感到厌倦的时候,可以继续溜达下,经过一个穿黑衣服戴钻石的贵妇人身边,走到塞缪尔·约翰逊[5]、哥尔斯密[6]和加里克[7]那儿去;假如我们高兴,也可以渡过海峡去会见伏尔泰、狄德罗和杜·德芳夫人[8];然后又回到英格兰和特威肯南姆——有些地方和有些名字是怎样反复地

---

[1]　16世纪英国诗人,著有田园生活传奇《阿卡狄亚》等。

[2]　安妮·克里福德的第二个丈夫为彭布罗克伯爵。

[3]　16世纪英国诗人,著有长诗《仙后》等。加布里埃尔·哈维是其好友,在他的鼓励下斯宾塞才带着作品上伦敦,开始了他的诗人生涯。

[4]　斯威夫特是18世纪英国作家,《格列佛游记》的作者,威廉·坦普尔是其保护人,斯威夫特以私人秘书身份依附于他,但后来发生争论,终至分手。罗伯特·哈利和亨利·圣约翰·渡林布洛克是18世纪英国政治家、托利党的领袖,两人因政见不和,由朋友变为仇敌。

[5]　18世纪英国作家、著名辞典编纂者。

[6]　18世纪英国小说家、诗人,著有小说《威克菲牧师传》、长诗《荒村》等。

[7]　18世纪英国演员、剧作家,以演莎剧著称。

[8]　伏尔泰和狄德罗是18世纪法国启蒙思想家,杜·德芳夫人为同时期女作家,以书信著称,曾与他们以及孟德斯鸠、达朗贝尔等通信。

出现啊！在那里，贝德福德夫人曾有一处园林，蒲柏[1]后来又在那里生活过，我们还会造访瓦尔浦尔[2]在草莓山上的家。不过，瓦尔浦尔把我们介绍给那么一大群新相识，有那么多的住宅要拜访，有那么多的门铃要拉响，所以，譬如说在贝里小姐的台阶上吧，当我们看见萨克雷[3]正走过来的时候，很可能会迟疑片刻的；他是瓦尔浦尔爱着的那个女人的朋友。因此，单单是从这位朋友到那位朋友，从这个花园到那个花园，从这所房屋到那所房屋，我们就从英国文学的这一端走到了它的另一端，猛醒过来才发觉自己又到了现在——假如我们能够把此刻同业已消逝了的时刻做如此区分的话。这，就是我们阅读这些生平和书信所能采取的方法之一；我们可以让它们照亮往昔的许多扇窗户；我们可以观察到死去的名人们无拘无束的习惯和癖好，有时候我们挨得非常近，能够乘其不备套出他们的秘密来；有时候我们又可以掏出他们写的一部剧本或一首诗，看看在作者面前读起来是否会有所不同。不过，这又会引出其他问题来。我们一定会问自己，一本书在多大程度上受到其作者生活的影响——让写书的那个人来解说书的作者，在多大程度上才是可靠的呢？[4]我们应该在多大程度上抵制或者屈服于那个人本身在我们心中激起的同情或者反感呢？因为语言是如此敏感，是如此易于接受作者性格的影响。当我们阅读生平和书信的时候，这些问题就压在我们的心头，我们必须自己

---

[1]　18世纪英国诗人。

[2]　18世纪英国作家。

[3]　19世纪英国小说家，著有《名利场》《潘登尼斯》等。

[4]　现代西方文学理论为纠正传记式文学批评的偏差，对作者本人和"隐含的作者"进行了区分，后者是指透过作品显示出的作者形象，即真实作者的"第二自我"。伍尔芙在这里已经表示了类似的看法。

来回答它们，因为在如此个人化的事情上，最致命的莫过于被别人的好恶牵着鼻子走。

不过，我们也可以带着另一个目的来读这些书，不是要弄清文学问题，不是要和著名人物亲密交往，只不过是要振奋和锻炼我们自己的创造力。在书橱右边不是有扇打开的窗户吗？停止阅读，向外望望，是多么令人愉快啊！窗外景象的那种无意识状态、那种散漫琐屑、那种永不停息的运动，是多么富于刺激性——马驹儿在绕着田野奔跑，那个女人在井边灌着她的提桶，那头毛驴向后扬起脑袋发出长长的、尖厉的鸣咽声。任何图书馆里的大部分书籍，只不过是男人、女人和毛驴的生命中这类转瞬即逝的瞬间的记录。任何文学，当它变老的时候，都有它成堆的垃圾，有它对消逝了的瞬间和遗忘了的生活的记录，用已经灭亡了的期期艾艾、虚弱无力的音调讲述出来。可是，假如你埋头寻求阅读垃圾的乐趣，你会对已经被抛在一边任其衰朽的人类生活的遗物感到惊异，说真的，你会被它征服的。它也许是一封书简——然而它带给我们怎样的幻影！它也许是几句话——然而它们使人联想到怎样的景象！有时候，伴随着如此美妙的幽默、哀伤和完满，整整一个故事开始了，仿佛是一位伟大的小说家写出来的，然而那只不过是一个老年的演员塔特·威尔金森[1]想起了琼斯船长的奇异故事；那只不过是一个在亚瑟·韦尔斯利[2]手下服役的年轻少尉，在里斯本爱上了一个漂亮的姑娘；那只不过是玛丽亚·艾伦[3]

---

[1]　18世纪英国演员，著有《回忆录》（1790）。
[2]　即19世纪英国名将威灵顿公爵。
[3]　18世纪英国女作家范尼·伯尔尼的同父异母妹妹，其父为伯尔尼博士。

在空荡荡的客厅里扔下了她的缝纫活儿在叹息，希望自己听从了伯尔尼博士的忠告，没有同她的里西[1]一道私奔。这些事没有一件有任何价值；极端地微不足道；然而，当马驹儿在绕着田野奔跑、那个女人在井边灌着她的提桶、那头毛驴在嘶鸣的时候，不时地翻捡一下这个垃圾堆，找出埋葬在漫长往昔的戒指啦，剪子啦，打破的鼻子啦，等等，并尝试着把它们拼合起来，又是多么引人入胜啊！

不过，我们最终厌倦了读垃圾。我们厌倦了再去搜寻必需的材料将残缺故事补充完整，威尔金森、邦伯里一家[2]和玛丽亚·艾伦所能给予我们的不过就是那些部分真实的事儿。他们并不具备驾驭事物、去伪存真的力量；即使对于自己的生活，他们也做不到披露整个真相；他们把本来会是匀称美观的故事弄得奇形怪状。事实就是他们所能给我们的一切，然而叙述事实只是小说的一个非常差劲的形式。于是，我们心中滋生了一种渴望，要和半真半假、近似于真实的东西一刀两断；要停止寻觅人类性格的那些微妙幻影，而要欣赏具有更大抽象性的东西，欣赏虚构中更纯粹的真理。这样，我们就酝酿出了某种情绪，那是强烈的、普遍性的、不在意细节的、却又被某种有规律的、循环往复的节奏所强化，它的自然表现便是诗歌；而当我们几乎能够写诗的时候，也就到了该读诗的时候了。

西风啊，你什么时候吹起？

---

[1] 即里西顿，玛丽亚·艾伦的丈夫。
[2] 指19世纪英国历史学家亨利·爱德华·邦伯里一家。

蒙蒙细雨也就会飘落了。

主啊，但愿我的爱在我怀中，

我又重新躺在我的卧榻上！[1]


　　诗的冲击力是如此的强烈和直接，以致在一瞬间除了对诗的感觉而外，便没有任何别的感觉了。我们探寻到了怎样深刻的底蕴——我们的沉浸是多么突然和彻底！这里没有任何东西需要执着；没有任何东西会阻止我们的飞翔。虚构的幻觉是逐渐形成的；它的效果是早有准备的；不过，在读这四行诗的时候，谁会停下来询问是什么人写出来的，或者去想象堂恩的住宅或斯宾塞的秘书呢？或者，谁会纠缠于往昔的错综复杂和世代的更迭呢？诗人总是我们的同时代人。我们在这一瞬间的生命被集中和压缩了，犹如在任何个人感情的强烈震动之中一样。事实上，我们的感觉后来渐渐在心灵里扩展为更大的圆圈；邈远的意识被触及了；它们开始发出声音并进行评判，而我们则觉察到了回声和反响。诗歌的强度涵盖了感情的无边领域。我们且领略下面这两行诗的力量和率直：


我将像一棵树那样倾覆，找到我的坟墓，

并且在记忆里只有我的哀伤。[2]


　　再和下面这节诗的起伏抑扬相比较：

---

[1] 引自16世纪英国无名氏的诗作。

[2] 引自16世纪英国剧作家波蒙和弗莱彻的诗剧《少女的悲剧》。

分分秒秒由沙粒坠落来计数，

就像一只计时沙漏；时光虚度

送我们走向坟墓，我们正面对着它；

快乐的一生，在狂欢中虚掷，终于

回家了，却终结于痛苦；可是人生啊，

厌倦了纵情享乐，数着每一颗沙粒，

在叹息中哀恸，直到最后一颗沙粒落下，

便这样在长眠中结束了不幸。[1]

或者，体会这几行诗的沉思冥想的平静：

无论我们是年轻还是年老，

我们的命运，我们生命的核心和归宿，

总是无限广袤的，并仅仅存在于彼处；

它带着希望，永不消泯的希望，

还有努力，期待，欲望，

永远为着存在而努力。[2]

再把它同下面四行诗那完满而无限的优美放在一起：

冉冉月亮爬上了天穹，

任何地方也不肯逗留：

---

[1] 引自17世纪英国作家约翰·福特的诗剧《情人的忧郁》。

[2] 引自19世纪英国诗人华兹华斯的长诗《序曲》。

她轻柔地向天顶升起，

伴随着一颗两颗星星。[1]

或者同这首诗的辉煌奇想放在一起：

那林地中的常游者

不会停止他的漫步

忽然，远处一块林间空地上，

在那一大片熊熊大火中，

一束柔和的火焰翻转着，

在他的感觉里，仿佛是

在阴暗处的番红花。[2]

仅仅做这一点比较，便会使我们想到诗人那种多姿多彩的艺术；他有让我们同时做演员和观众的力量；他有伸手穿透人物性格的力量，仿佛他们是一只手套，并让他们成为福斯塔夫[3]或者李尔[4]；他有彻底地进行聚缩、扩展和阐释的力量。

"我们只能进行比较"——随着这番话，秘密就暴露无遗了，阅读的真正复杂性也就得到了承认。第一个过程，即以最大程度的理解去接受印象，只是阅读过程的一半；如果我们打算从一本书里得到全部快乐，就必须通过另一个过程来将其补充完

---

[1] 引自19世纪英国诗人柯勒律治的长诗《古舟子咏》。

[2] 该诗出处待考——原编者。

[3] 莎士比亚剧作《亨利四世》《温莎的风流娘儿们》中的人物。

[4] 莎士比亚的悲剧《李尔王》中的主人公。

整。我们必须对这纷繁杂多的印象加以判断；我们必须把这些倏忽即逝的形体铸造成一个坚实而持久的整体。不过不要马上就这样做。等待阅读的尘埃落定；等待冲突和争论平息下去；散散步，谈谈话，把玫瑰花上的干枯花瓣扯下来，或者去睡觉。然后，不由我们的意愿，突如其来地——因为大自然就是这样造成转变的——那本书又回来了，不过已经与以往有所不同。它会作为一个整体漂浮在头脑的顶端。作为整体的书和通常按分离侧面来接受的书是不同的。现在，种种细节都自动进入了各自的位置。我们看到了它的形体从开始成形到完成；它是一个谷仓，一个猪圈，或者是一座教堂。这样，我们可以像拿建筑与建筑相比较一样，拿书与书相比较。不过，这种进行比较的行为意味着我们的态度已经有所改变了；我们不再是作者的朋友，而是他的法官；而且，正像我们作为朋友怎么富于同情心都是应该的一样，我们作为法官，怎么严厉也不算过分；那些浪费我们时间和同情心的书籍，难道不是罪犯吗？写作那些虚假的书、假冒的书、让空气中充满了腐败和疾病的书的作者，难道不是社会最阴险的敌人和腐蚀者、亵渎者吗？那么，就让我们在做出自己的评判时严厉些吧；让我们把每本书与同类的最伟大的著作相比较吧。我们读过的书，通过我们对它们的评价而固定了形体，在我们的头脑中逗留着——《鲁滨孙漂流记》《爱玛》《还乡》。把小说拿来同这些作品比较——即使是最微不足道的小说，也有权利同最优秀的小说一道接受评价。诗歌也一样——当韵律的陶醉消退了，语言的辉煌暗淡了，一种梦幻般的形体会回到我们心中，而它必须与《李尔王》《费德尔》[1]《序曲》相比较；或者，倘若不与它们比较，那就与任何最好的，或在我们看来是最好的同类作品相比较。我们可以肯定，新诗歌或新小说的所谓"新"，其实是它最表面的特性，我们不用把评价老作品的标准重新铸造，只需稍微改动一下就行了。

如果自以为阅读的第二个阶段——进行评价、进行比较，也和第一个阶段——敞开心扉去接受无数快速聚集起来的印象同样简单，那是愚蠢的。要在面前并没书的情况下继续阅读，要拿一种虚幻形体与另一种相对照，要尽量广泛地读，获得足够的理解力，从而使这样的比较变得生动而富于启发性——这是困难的；要再前进一步，能够说，"这本书不仅属于这种类型，而且具有这样的价值；它在这里是失败的；它在那里是成功的；这里写得糟糕；那里写得不错"，就更加困难了。要履行一个读者所承担的这方面的职责，需要具备如此的想象力、洞察力和学识。所以很难设想任何人的头脑已经拥有了充分的天资才力；在最自信的人身上，也只不过能找到这些能力的一些种子而已。那么，把阅读的这部分责任推给别人，让批评家们、图书馆的那些拥有学术头衔的权威们来为我们确定书的绝对价值问题，难道不是更明智吗？然而，这是多么不可能的事！我们可以强调同情心的价值；我们在读书的时候可以试图摈弃自己的身份。可是我们知道，我们做不到完全的同情或者完全的沉浸；我们心中总是有一个魔鬼，悄悄地说道"我恨，我爱"，而我们又没法让它沉默。的确，正是因为我们恨，我们爱，我们跟诗人和小说家们的关系才会如

---

[1] 17世纪法国剧作家拉辛的悲剧。

此亲密，以致我们感到有另一个人在场是无法忍受的。而且，即使我们的结论很糟糕，我们的评判不正确，但我们的欣赏趣味、那使我们浑身震颤的感觉神经，却仍然是我们最重要的指路明灯；我们是通过感觉来认识的；我们要是压制自己的个人癖性，便不可能不使它枯竭。不过，随着时间推移，我们或许能够训练好自己的欣赏趣味；我们或许能够使它听从某种控制。当我们的胃口从各种各样的书中——从诗歌、小说、历史、传记中——如饥似渴、大快朵颐地饱餐之后，它会停下来不再阅读，而在长期间歇中观看活生生的世界的纷繁复杂，这时，我们会发现它正发生着一点变化；它没有那么如饥似渴了，而是变得更会思考了。它带给我们的，将不仅仅是对一些特定书籍的评价，它会告诉我们，某些书籍具有一种共同的特性。听，它会说："我们该把这个叫作什么呢？"它或许会给我们读《李尔王》，接着或许又读《阿伽门农》[1]，目的在于要揭示出那种共同的特性。这样，有我们的趣味来引导我们，我们就能冒险越过特定的书，去寻找把许多书结合成一类的种种特性了；我们给它们取名字，并从而构建起给我们的知觉赋予秩序的法则。从那种辨识过程中，我们将获得更深入的和更罕有的乐趣。不过，既然一种法则只有在它因与书籍本身接触而不断被打破的时候才有生命——再没有什么比建立存在于同事实的接触之外的、存在于真空里的法则更容易和更荒谬的了——所以到最后，为了让我们能坚定不移地进行这一艰难的尝试，最好是转而求助于那些非常杰出的作家，他们能启发我们

---

[1] 古希腊悲剧家埃斯库罗斯的剧作。

去理解作为一门艺术的文学。柯勒律治[1]、德莱顿[2]和约翰逊经过深思熟虑的评论，同诗人和小说家们自己随口而出的言谈，常常都是惊人的切中肯綮；他们使一直在我们头脑朦胧的深处翻腾不息的模糊观念变得清晰和稳固了。不过，只有当我们满载着在自己的阅读过程中诚实获取的种种问题和意见去求教于他们，他们才能给我们帮助。假如我们簇拥在他们的权威之下，像卧倒在树篱阴影下的羊群似的躺下来，那他们便什么也不能为我们做了。我们若想理解他们的裁断，只有当它同我们自己的见解发生冲突并战而胜之的时候才行。

如果情况真是这样，如果按照应有的方式去读一本书需要想象力、洞察力和判断力等罕见的素质，你们或许会断定说，文学乃是一门极其复杂的艺术，而我们不大可能——哪怕是在经过终生的阅读之后——有能力对文学批评做出任何有价值的贡献。我们只能继续当读者；我们不会僭取本属于那些同时又是评论家的杰出人才的更高荣誉。不过，我们仍然有我们作为读者的责任，甚至有我们的重大作用。我们提出的标准和我们做出的评判会偷偷潜入空气中，成为作家们工作时所呼吸的大气的一部分。这会造成一种影响力，对他们发生效果，即使它从来也没法印成铅字。而且，如果那种影响是有理有据的、生气勃勃的、独特的和真挚的，眼下或许就具有巨大的价值，因为现在文学批评正不可避免地处于生死未卜的状态；现在许多书籍正像射击场里的一长排动物似的从书评中跑过，而评论家只能有一秒钟时间来装弹药、

---

[1]　19世纪英国著名诗人、批评家。
[2]　17世纪英国诗人、批评家。

瞄准和开火，假如他错把兔子当成了老虎，错把鹰隼当成了谷仓门前的家禽，或者完全脱了靶，把子弹浪费到了某只正在远处田野里吃草的温和的奶牛身上，那完全是情有可原的。假如在报刊那飘浮不定的炮火背后，作者感觉到还存在着另一类批评，即普通读者的意见，他们只因为爱好读书而读书，读得很慢和很不专业，并怀着巨大的同情然而又带着极端的严厉进行着评判，那么，这难道不会有助于改善他的作品的品质吗？假如借助于我们的手段，书会变得更充实、更丰富，并且更为异彩纷呈，那真是一个值得去努力达到的目标。

然而，谁读书是为了实现某个目标——不管它是多么令人想望？难道就没有某些追求，我们去进行只是因为它们本身很好，难道就没有某些乐趣，它们本身就是终极目的吗？而读书，难道不就是其中之一吗？我有时候至少怀着这样的梦想，当末日审判的那一天降临了，伟大的征服者、律师和政治家们都来接受他们的奖赏——他们的王冠、他们的桂冠、他们刻在永不毁坏的大理石上的抹擦不掉的名字——这时，上帝不无羡慕地看见我们在手臂下夹着书走过来，他会转身望着彼得[1]说："瞧，这些人不需要任何奖赏。我们这儿没有什么东西可以给他们。他们已经爱上读书了。"

---

[1] 耶稣的十二门徒之一。

# 现代随笔

正如里斯先生[1]所说，我们没有必要对随笔的历史和起源——它到底衍生于苏格拉底[2]还是波斯人西拉尼[3]——进行深入考究，因为，就像一切有生命的东西一样，它的现在比它的过去更重要。而且，这种文体的家族广为散布；某些继承人的社会地位已经升迁，戴上了显贵的冠冕，可与任何文体相颉颃，而另外一些却在舰队街[4]附近的贫民窟里勉强度着朝不保夕的生活。况且它的形式又允许多样化。随笔可以短也可以长，可以郑重其事也可以絮絮叨叨，可以议论上帝和斯宾诺莎[5]，也可以漫谈海龟和契普赛德[6]。不过，当我们翻阅着收录了1870—1920年间英国随笔的五卷小书时，却感到仿佛有某原则在制约着这种混沌状态，察觉到在我们所回顾的这一短暂时期中存在着类似历史发展的某些现象。

---

[1] 里斯（Ernest Rhys）为本文所评论的五卷本《现代英国随笔选：1870—1920》的编者。

[2] 古希腊哲学家。

[3] 可能为作者杜撰。

[4] 舰队街是伦敦报馆集中之地。

[5] 17世纪荷兰哲学家。

[6] 契普赛德是伦敦的一条东西向的大街。

然而，在一切文学形式中，随笔是最不需要使用长字眼儿的一种文体。支配它的原则只是它必须给人类带来乐趣；当我们从书架上拿下随笔来时，驱使我们的意愿也只是为了要获得乐趣。一篇随笔里的一切东西，都必须服从于这个目的。它开篇的第一个字就应该使我们像着了迷一样，只有到读完了最后一个字才能清醒和复苏过来。而在这个过程之中，我们会体验到最为丰富的感受，譬如快乐、惊异、有趣、愤慨等等；我们会同兰姆[1]一道翱翔在幻想的高空，或者同培根[2]一道扎入智慧的深处，不过我们千万不要从这些状态中被唤醒。随笔应该把我们包围起来，拉一道帷幕将现实世界遮住。

　　如此杰出的技艺现今是很少有人能够具备的了，不过过错既在作家一方，也在读者一方。习惯和惰性已经把他的味觉弄得迟钝了。一部小说有故事，一首诗歌有韵律；然而，随笔作家在如此短小的散文的篇幅内须得运用怎样的技艺，才能使得我们既清清醒醒又恍惚迷离，而这种恍惚状态却并非睡眠而是生命的强化——是带着每一种官能的活跃沐浴在欢乐的阳光中？他必须懂得——这是最根本的——怎样去写作。他的学问或许有马克·帕蒂生[3]那样渊博，但在一篇随笔里，学问必须借助某种写作的魔法加以熔铸，这样便不会有哪一项论据突兀而出，也不会有哪一句教条式的见解撕破文章机理的表层。在这方面，麦考利[4]采取了一

---

[1]　19世纪英国随笔作家、批评家。
[2]　英国文艺复兴时期的哲学家、随笔作家。
[3]　英国学者、作家。
[4]　英国历史学家、作家。

种方式，弗劳德[1]又以另一种方式，一次又一次地臻于尽善尽美。在一篇随笔里，他们灌输给我们的知识要比一百部教科书里的无数章节还要多。然而，当马克·帕蒂生想要在三十五页的小小篇幅里给我们讲一讲蒙田[2]的时候，我们却感到他事前并没有消化格伦先生所写的东西[3]。格伦先生是位写了本很差劲的书的人。格伦先生和他的这本书倒真是该涂上龙涎香防腐油长期保存，让我们永远从中得到乐趣。不过这事儿的过程太让人劳累：帕蒂生可没有那么多时间，也没有那份耐心。他把格伦先生硬生生地端上了餐桌，就像烧熟的肉里夹着一枚生浆果，把我们的牙齿磨得老发疼。类似这样的话也同样适用于马修·阿诺德[4]和某位斯宾诺莎的翻译者[5]。无论是直截了当地讲大道理，或是为了一个罪犯的利益而挑他的毛病，在随笔里都不合适，因为随笔里的一切都应该是为了我们的利益，甚至是为了世世代代人的利益，而不是为了《双周评论》的三月号[6]。如果说在这块小小的园地里决计不能听到责骂人的声音，那么还有另外一种声音听起来也像一场蝗灾，那就是作者漫无目标地抓住一些模糊概念，发出像没睡醒一样语无伦次的、磕磕绊绊的说话声，譬如，下面所引的哈顿先生[7]的声音就是这样：

---

　　[1]　英国历史学家。
　　[2]　法国文艺复兴时期著名随笔作家。
　　[3]　里斯的《现代英国随笔选》里收有帕蒂生评论格伦的《蒙田传》的文章。
　　[4]　英国文艺理论家、随笔作家。
　　[5]　指罗伯特·威利斯，他翻译了斯宾诺莎的《神学政治论》。
　　[6]　《双周评论》是19世纪英国的一份著名期刊。
　　[7]　英国著名期刊《旁观者》的编辑，下文引自他谈苏格兰哲学家、经济学家穆勒的文章。

不仅如此，他的婚姻生活也是非常短暂的，仅仅只有七年半的时间，出乎意料地就突然中断了，而他对于妻子的回忆和对她天才的热烈崇敬——用他自己的话来说，乃是"一种宗教"——变成了那么一种感情，他本人一定也完全意识到了，只要他一旦让它流露出来，就免不了会失去应有的节制，更不用说在他人的眼里会引起一种错觉了，然而他仍被一种不可抵御的渴望死死纠缠着，力图要以所有的柔情和热烈夸张来表现这种感情，读到这些文字，想到这乃是一位凭着他所谓的"冷峻智慧"而成为一代宗师的人，不免顿生怆然之感，而且不能不感觉到穆勒先生一生中遭遇的种种事变的确是极其不幸了。

一部书也许还能经受得起这样一阵疾风猛刮，但是一篇随笔却会因此而毁掉。说实在的，一部两卷本的传记倒还容纳得下这样一番话；因为在那里文章破格的限制是那样宽，对于题外的东西做隐约暗示或者偶然一瞥亦属精神享受的组成部分（我们指的是维多利亚时代那种老版书籍），所以这类让人打呵欠的随意发挥的文字不仅无伤大雅，并且其自身还有某种积极价值。不过，这种由读后写评论的人给原书所附加的价值，是出于个人意愿而尽量取自一切可能的来源，然后塞进（也许是非法地）书里去的，在随笔里却非取消不可。

在一篇随笔里是绝对不容许文学杂质存在的。不管是这样还是那样，无论是通过辛苦锤炼还是得之天然，或者是两者结合，随笔必须写得纯净——像水那样纯净，像酒那样纯净，总之要纯净而不呆笨、死板，不能积淀有外来异物。在《现代英国随笔选》第一卷里所收录的作者当中，沃尔特·佩特[1]将这个艰巨任务完成得最好，因为在他着手写他那篇随笔（《论莱奥纳多·达·芬奇札记》）之前，他先努力设法对素材进行了熔铸。他本是一位学识渊博的人，然而他留给我们的却并不是关于莱奥纳多的种种知识，而是一种独到的眼光，正像我们在读一部好的小说时所感受到的那样，其中的一切无不给我们展示了作者的整个见解。正是在这里，在随笔里，文章范围的限制是如此严格，事实的使用又必须无所修饰，像佩特这样真正的作家方能使得这种种局限反而产生出其独具的品质。真实会给文章赋予权威性；限制范围狭小，他的文章便会形式严谨而具有强度；何况，为旧时代作家所喜爱、我们或许会鄙薄而称之为"花活儿"的某些装饰，也就因此不再有容身之地了。今天，绝没有人再有勇气去进行一度享有盛名的对莱奥纳多笔下那位夫人[2]的描写了，她——

> 懂得死亡世界的奥秘；她还曾在深海潜水，将大海沧桑留在她心中；她也曾向东方商人买来奇妙的织物；她像利达，是特洛伊的海伦的母亲，又像圣安妮，是玛丽的母亲……

这段文字人工雕琢之痕太重，不会是自然而然流于笔端的。而当我们出乎意料地读到"女人们的微笑和大水的涌动"，或者

---

[1] 英国文艺批评家和随笔作家。
[2] 即达·芬奇所画《蒙娜丽莎》中的女性形象。

"像死人一样戴着全套精美饰物，身穿悲哀的泥土颜色的衣服，被放在苍白色的石头中间"，我们突然想起原来自己还有耳朵，也有眼睛，又想起英国语言以其不计其数的词汇充满了一排排大部头书籍，而其中许多单词不止有一个音节。唯一现在还活着而读过这些书籍的英国人，当然是一位具有波兰血统的先生[1]。毫无疑问，我们在语言上避免浮夸能让我们免掉了许多洋洋挥洒、许多浮华藻饰、许多高谈阔论、许多虚言浮语，为了当前盛行的讲求节制和实际，我们必须心甘情愿地将布朗爵士[2]的壮观华丽和斯威夫特[3]的遒劲有力用来交换才行。

然而，如果说随笔比传记和小说理应更能容许突兀奔放和联想譬喻，而且可以反复润色直至文章表面的每一点都光彩熠熠，那么这里面也存在着种种危险。我们不用多久就会看到雕饰。很快地，文章的气韵——那乃是文学生命的血液，就流淌得缓慢起来；而且，语言不再像流水一样闪耀着点点波光，或者宁静而从容地向前流动——那样才蕴含着一种深沉的激动人心的力量，却凝结成了一串串冰花，就像圣诞树上的葡萄，仅仅有一夜的光彩，第二天就变得暗如灰土和俗不可耐了。在题目显得微不足道的情况下，从语言上进行修饰的诱惑就会很大。譬如说你喜欢做徒步旅行，或者自得其乐地在契普赛德大街闲逛，看看司威廷商店橱窗里的海龟，这里面有什么足以使另一个人发生兴趣的？

---

[1] 指英国作家康拉德。
[2] 17世纪英国散文作家。
[3] 18世纪英国小说家和散文作家，代表作为《格列佛游记》。

斯蒂文森[1]和萨缪尔·巴特勒[2]曾经采用了两种截然不同的办法，以激起我们对这些日常琐事的兴趣。当然，斯蒂文森是按照传统的、18世纪的方式，将他的素材加以整理、修饰和布局的。他把这种方法运用得真是令人赞叹，不过在读他的随笔时我们免不了要担心，害怕题材本身在这位能工巧匠的手下会被耗光用尽。铸锭是如此之小，而操作却一直不停。因此在他文章结尾处便会这么写——

> 静坐着和沉思着想起女人们的容颜而无所欲求，为男子们的功绩感到快乐而无所嫉妒，无论何事何处都怀着恻隐之心而仍然安于自己的处境和身份——

这就产生了一种虚浮不实之感，表明作者临到文章结尾已再也没有什么实在的东西可写了。巴特勒采取了与此截然相反的方法。他好像在说：只需考虑你自己的思想，尽可能明白地把思想说出来好啦。橱窗里陈列的这些海龟，看上去正从壳里往外伸出头和脚，这暗示着对某种既定观念的致命性的坚守不渝。他就这样写下去，淡漠地从一种观念跨到另一种观念，我们便横越了很大一片地方；我们看到那个初级律师受的伤很严重；我们看到苏格兰的玛丽女王穿着外科矫形术的靴子，在托腾汉姆法院路的马蹄铁修理铺附近大发雷霆；我们心想现在当然没有谁真的在乎埃斯库罗斯[3]啦；等等，还穿插着许多有趣的遗闻逸事和一些深邃的

---

[1] 19世纪英国小说家和散文作家。
[2] 19世纪英国小说家。
[3] 古希腊三大悲剧家之一，被称为"悲剧之父"。

思考，然后就到了结尾，这时他说，既然他已经被叮嘱过了，写契普赛德大街的见闻不能超出《万象评论》十二页的容量，他最好还是住笔算了。我们仍然能明显地看到，巴特勒在照顾我们的乐趣方面绝不亚于斯蒂文森；而且文章能够写得文如其人，却又并不将其称之为写作，比起把文章写得酷肖艾迪生[1]并自诩为妙构佳作，那可是一种艰难得多的风格训练。

　　但是，不管维多利亚时代的随笔作家们相互之间的差别如何之大，他们仍然具有某种共同点。他们的随笔写得比现在通常的要长一些，而他们为之写作的读者不仅有时间坐下来认真读自己的刊物，而且还有很高的（尽管是特别对维多利亚时代而言）文化水准，能够评判文章的高下。在一篇随笔里讨论重大问题是值得的；尽力所能及地把文章写好也绝对合乎情理，因为先在一份杂志上欢欢喜喜地迎接过这篇随笔的读者们，一两个月左右还将在书里仔仔细细地再读它一遍。不过后来情况发生了变化，一小批有教养的读者变成了一大批不那么有教养的读者大众。这种变化倒也不能完全说它不好。在第三卷里，我们读到了比勒尔先生[2]和比尔博姆先生[3]的文章。我们甚至可以说又回复到了古典的写法，随笔尽管缩小了长度，也失去了铿锵的声韵，却正在愈益接近了艾迪生和兰姆的随笔。不管怎么说，比勒尔先生所写的关于卡莱尔[4]的文章，和我们假定卡莱尔可能写的关于比勒尔先生的随笔之间存在着很大的差距。马克斯·比尔博姆的《一大片围

---

[1]　18世纪英国散文作家、报刊编辑。
[2]　19世纪英国作家 。
[3]　20世纪英国批评家、散文作家。
[4]　19世纪苏格兰历史学家、批评家、散文作家。

涎布》和莱斯利·斯蒂芬[1]的《一个玩世不恭者的自辩词》之间也没有什么相似之处。可是，随笔依然生机勃勃；丝毫没有理由为之灰心丧气。既然情况变化了，随笔作家对于舆论界又是所有植物中最为敏感的，当然会应时而变，如果是一个好作家，就会因势利导而越变越好，如果是一个坏作家，那就会适得其反。比勒尔先生当然是位好作家；因此我们就看到他尽管给随笔大大地减轻了分量，他的抨击反倒更能命中要害，他的运笔也更为敏锐灵活了。不过，比尔博姆先生又给随笔贡献了什么，并从随笔中吸取了什么呢？这是一个复杂得多的问题，因为我们见到的是这样一位随笔作家，他专心致志于写作，并无疑是他那一行里的大师巨匠。

比尔博姆先生所贡献的，当然就是他本人。作者的自我，从蒙田的时代以来就间歇不定地缠绕在随笔身上，而自从查尔斯·兰姆辞世后就被放逐他乡了。马修·阿诺德对于他的读者来说，从来也不是"马特"[2]，沃尔特·佩特也没有被千家万户充满感情地简称为"沃特"[3]。他们给了我们许多东西，但他们没有给我们这个。这样，到了前一世纪90年代的某个时候，已经听惯了训诫、通报和斥责的读者突然发现有个声音在亲切地对他们讲话，这声音似乎属于一个并不比他们自己更高贵的人，这当然会使他们感到惊奇的。他在为个人的欢乐和烦恼而感动着，他既没有福音要宣讲，也没有学问要传授。他简单干脆地就是他自己，并且一直是他自己。我们又再次有了这样一位随笔作家，他能够

---

[1] 英国批评家和传记作家，伍尔芙的父亲。
[2] "马修"的昵称。
[3] "沃尔特"的昵称。

运用随笔作家最应拥有，却又是最危险和最棘手的工具。他把个性带进了文学，而他这样做却并非是无意识的和糅杂不纯的，而是如此自觉而又纯粹，乃至我们竟弄不清在马克斯这位随笔作家和比尔博姆先生这个人之间到底有没有什么联系。我们只知道个性的精神渗透了他写下的每一个字。这个胜利是风格的胜利。因为只有懂得了怎样去写，然后你才能在文学中运用你的"自我"；而"自我"虽然对文学而言是至为本质的东西，但另一方面又是它最危险的对手。绝对不要就写你自己而且永远写你自己——难题就在于此。坦率地说，里斯先生这部选集中的某些随笔作家并没有完全解决这个问题。我们目睹各种琐琐碎碎的个人癖性在无穷无尽的印刷品里分解着，不禁深感厌恶。把这比作聊聊天，那无疑也挺可爱，而且作家当然是啤酒桌上的好伙伴。不过文学的要求是很苛刻的；可爱啊，高尚啊，甚至再加上博学多识和才华横溢啊，都根本没用，除非——她仿佛再三强调说——你能满足她的第一个条件：懂得怎样去写。

这种艺术已经被比尔博姆先生掌握到了尽善尽美的程度。不过，他并没有遍翻字典去寻找多音节词。他没有铸造出组织严密的复合长句，也不使用错综复杂的节奏和奇妙的音调来哄骗我们的耳朵。他的某些同伴——例如韩利[1]和斯蒂文森——却能在一时造成比他更深刻的印象。然而，《一大片围涎布》却具有那种难以形容的变幻多姿、活泼生动和意味隽永，它们属于生活并只属于生活。这样的作品，你不会因为读过了它就和它一刀两断，正如友谊绝不会因为一时分手而告结束。生活

---

[1]　19世纪英国诗人、作家、批评家。

总是在不断涌流、变化和增长。即使藏在书柜里的东西，只要有生命也总是要变化的；我们发觉自己总想再看看它们；我们会发现它们有所改变。因此，我们回过头来重读比尔博姆先生的一篇又一篇随笔，心里明白到了九月或者明年五月，我们又会坐下来读它们和谈论它们的。不过说老实话，随笔作家是所有作家中对舆论最为敏感的。现今客厅成了人们大量读书的地方，比尔博姆先生的随笔由于敏锐地适应了这一环境所要求的一切，便被摆在了客厅的桌子上。那里没有杜松子酒；没有气味强烈的烟草；没有双关语、酗酒和疯癫举动。太太们和先生们在一起交谈，有些话自然是不会出口的。

不过，如果说试图把比尔博姆先生限制在一间客厅里是愚蠢的，那么很不幸，要让这位艺术家、这位只给我们奉献出最佳作品的人来做我们时代的代表，则更是愚不可及。在这部选集的第四卷和第五卷里便再也见不到比尔博姆先生的作品了。他的时代仿佛已经有些遥远了，客厅里的那张桌子已经挪到边上去了，看起来很像是一座祭坛，人们曾经在那上面摆放过祭品——从自己果园里采摘的果子，或是自己亲手雕刻的礼物。现在，情况又一次改变了。读者还是像过去那样需要许多随笔，或许需要的还更多。不超过一千五百字、在特殊情况下也不得超过一千七百五十个字的轻松的报刊短文，大有供不应求之势。过去兰姆只写一篇随笔、比尔博姆也许会写两篇的材料，如今在贝洛克先生[1]那里，粗略估计会写出三百六十五篇来的。确实，这些文章很短。然而，这位经验老到的随笔作家是多么纯熟地利用他的篇幅啊——他

---

[1] 当代英国评论家、诗人、散文作家，出生于法国。

尽量在靠近顶栏的地方开始，精确判断文章到底该写多长，什么时候应该转弯，怎样丝毫也不浪费版面地盘桓一圈，再准确无误地落在编辑所限定的最后一个字上！这样的绝技真是值得我们观摩。可是在这个过程中，贝洛克先生和比尔博姆先生一样赖以存在的个性，就不免会蒙受损失了。它传到我们耳里不像是正常说话时那种丰厚圆润的声调，而是那样紧张、单薄、矫揉造作和装腔作势，就像一个人在刮风天从麦克风里朝一大群人叫喊那样。"小朋友们，我的读者们，"他在题为"陌生的国度"的随笔里这样写道，接着他便告诉我们——

　　那天在芬顿集市上来了一个牧羊人，他是赶着羊群从东方的路易斯那边来的，在他的眼神里还流露出对于地平线尽头的回忆，正是这使得牧羊人和山民的眼神和别的人大不相同……我跟他一起走，想听听他有些什么话要讲，因为牧羊人谈起话来也和别的人很不一样。

　　幸而这位牧羊人关于"陌生的国度"谈不出什么来，即使不可避免地会有一大杯啤酒提神，因为他所做的唯一一点议论足以证明，他要么是个差劲的诗人，并不适合照看羊群，要么就是拿着自来水笔的贝洛克先生自己假冒的人物。这是惯写随笔的作家现今必须准备好接受的惩罚。他不得不假冒。他既没有时间去写他自己，也没有时间去写别人。他只得浮光掠影地捞取思想的表层，对个性的浓度进行稀释。他只得给我们每周一枚磨损了的半便士钱币，而不能每年给我们一个成色十足的金镑。

　　然而，因为当前的普遍条件而遭受损害的不只是贝洛克先生。这部收录到1920年的选集中的随笔，也许并不是这些作者们的最佳作品，不过，我们如果把康拉德先生[1]和赫德森先生[2]那样的偶尔涉猎随笔的作家排除在外，而集中研究那些惯常写作随笔的人，便会发现他们因自己处境的变化而受到了很大影响。每周写，每天写，要写得短，要为早晨匆匆忙忙赶火车的人写，或者为在傍晚筋疲力尽回家的人写，这对于那些懂得好文章和坏文章的区别的人来说，真是一件伤心的工作。他们就这样写，但出于本能把一切宝贵的东西抽掉以免遭到损害，因为它们可能会因与公众接触而被毁坏，或者抽掉任何可能刺疼读者皮肤的锐利之物。于是，如果读一读卢卡斯先生、林德先生或者斯夸尔先生[3]的大部分作品，人们就会感到上面蒙着一层共同的灰暗色调。他们和沃尔特·佩特的丰赡华美不可同日而语，正如和莱斯利·斯蒂芬的坦诚放言相差甚远一样。美和勇气是危险的烈酒，硬装进一栏半篇幅的小瓶子里是不行的；而思想若是要像一个牛皮纸包那样被硬塞进背心口袋里，也一定会把一篇文章的匀称性毁掉。他们为之写作的是一个和善、疲惫而感情冷漠的社会，令人惊奇的是，他们至少从未停止过为写得出色而进行的尝试。

但是，我们却不必因为随笔作家处境的这种变化而怜悯克拉顿·布洛克先生[4]。他显然已经最好地利用了他的处境，而不是相反。因为，他如此自然地实现了从私人随笔作家到公众随笔作

---

[1] 20世纪英国小说家，著有《黑暗的心脏》《吉姆老爷》等。
[2] 20世纪初的英国博物学家、小说家、散文作家。
[3] 均为英国随笔作家。
[4] 英国评论家、随笔作家。

家、从客厅到阿尔伯特纪念堂[1]的转变，人们甚至拿不准是否能说他在这件事上做过有意识的努力。令人感到矛盾的是篇幅上的缩减反而引起了个性的相应膨胀。我们再也没有马克斯和兰姆的"我"，而只有代表社会团体和其他高贵人物的"我们"了：是"我们"去听《魔笛》[2]；是"我们"应当从中获益；实际上也是"我们"通过某种神秘的方式，以共同的资格，在从前某个时候把它写出来的。音乐、文学和艺术都必须服从于这个普遍化的总体，否则它们就传送不到阿尔伯特纪念堂最偏僻的角落。克拉顿·布洛克先生的声音是那样真诚和毫无私心，它能传播得那么远，送到那么多人的耳朵里，却又并不迎合大众的弱点或者情感，我们所有人对此理当心满意足才对。不过，"我们"尽管满足了，"我"——人类关系中的那个桀骜不驯的伙伴——却被置于绝望之地。"我"对任何事情总是要亲自思考一番，亲自感受一番。倘若这些思考和感受要通过稀释的形式与那许多教养良好、心地善良的男男女女共同分享，对他来说乃是绝对的精神痛苦；当我们其他人正在专心致志地聆听着上面所说的那种声音并获益匪浅的时候，"我"却悄悄地溜到了树林中和田野里，为一片草叶、一块马铃薯而感到欣喜。

从这部现代随笔选的第五卷来看，我们似乎已经多少脱离了文章的乐趣和写作的艺术。不过，为了公正评价1920年的随笔作家们，我们应该肯定，我们称赞有名的作家，并不是因为他们业已受人称赞，我们赞美死去的作家，也不是因为我们再也不能在

---

[1] 伦敦著名的举行公众集会、音乐会的场所。
[2] 奥地利作曲家莫扎特的一部歌剧。

皮卡迪利广场[1]碰见他们穿着套鞋散步。我们应该明白，我们说他们有能力写作并能给我们带来乐趣的时候，我们的意思到底是什么。我们应该对他们进行比较；我们应该展示出他们的优秀品质。我们要指出这一段文章，并说它写得好，因为它准确、真实并富于想象力：

> 不，人无法退隐，即使想退隐；他们也不愿退隐，即使理智要求他们退隐；他们幽居独处定会不耐寂寞，尽管已年迈多病，需要有退隐之所：正像城中老叟，仍欲临街倚门而坐，其龙钟老态徒遗他人以笑柄……[2]

下面再引另一段，并说它不好，因为它松散、花哨而陈腐：

> 嘴边带着谦和殷勤而又玩世不恭的表情，他想起了清净的处女闺房，想起了在月光下吟唱的流水，想起了阳台上奏响的纯净无瑕而如泣如诉的乐曲，直响彻开阔的夜空，想起了具有纯洁母性的主妇伸出保护的手臂、闪着警觉的眼神，想起了在阳光下酣睡的田野，想起了千顷海波在温暖的战栗着的天穹下翻滚，想起了炎热的海港，那样豪华壮观、香气氤氲……[3]

文章就这样写了下去，可是，我们已经被噪音震得茫茫然，

---

[1]　伦敦著名的剧院集中地和娱乐中心。
[2]　引自培根的《论高位》。
[3]　引自英国女作家弗农·李的《一个死者》。

既感觉不到什么，也听不见什么了。上面的对比使我们感到，写作的艺术大概正是以对某种思想的强烈执着为支柱的。思想乃是某种为人所信仰、被人所确切观察并从而对语言强行赋形的东西，而正是被某种思想所乘载着，那一大批各不相同的作家，包括兰姆和培根，比尔博姆先生和赫德森，弗农·李和康拉德先生，还有莱斯利·斯蒂芬、巴特勒和沃尔特·佩特，才能抵达那遥远的彼岸。形形色色的才智之士，曾对思想向文字的转化加以促进，或者增添阻碍。某些人艰苦磨炼而终至差强人意；有些人则一帆风顺得以自由翱翔。不过贝洛克先生、卢卡斯先生和斯夸尔先生对任何东西都不强烈执着。他们都处于那种当代困境——缺乏一种顽强信念，而正是这种顽强信念使短暂的生命之声穿透任何个人的语言所形成的迷雾之域，将其升华到永远密切结合、永远融洽一致的国度。尽管一切定义都是含混不清的，但是一篇好的随笔应该具备这种永久的品质；它应该在我们周围拉起一道帷幕，只不过这道帷幕要把我们围在里面，而不是把我们关在外面。

# 随笔写作的衰退

　　教育的普及和我们传道授业所特有的困扰已经产生，并还将导致某种令人惊异的后果。我们对过于饱和的大英博物馆已有所了解，这庞然大物即便对于印刷物的口味也在减退，它在恳求，自己已难以再吞下什么东西了。这种公共的危机在私人住宅里也早已是司空见惯的事了。家里差不多会正式委派一名成员站在大门口，手持发光的利剑与入侵之敌作战。宣传品、小册子、广告、免费刊物以及朋友的文学产品从邮局寄来，由小货车和专人带来，在白天的每一时刻都在到来，连夜晚也在降临，所以早上的餐桌上堆满了这些东西。

　　这个时代就其大量富有灵气和道义感、尽管不是最伟大的小说作品而言，较之其他任何时代都显得更加诚实可信；它竭力使往日褪色的时光重现；它勤勉地用铲子和斧头在垃圾堆里和废墟中挖掘着；而至今我们只能对笔和墨水的这种使用大加赞赏。然而你要是有一个犹如英国公众一般的怪物要喂养的话，你就得用新的方式去迎和那陈腐的口味；对旧货得用新奇的包装，对这令人熟悉的形式，我们实在没有什么新的东西可言。因而我们将自己限制在诸种文学媒介之中；我们以原有的方式竭力推新；我们将宗教神秘剧加以复苏并佯装出一种远古的语调；我们用刺绣的服饰装扮自己；将衣物脱掉赤身嬉戏。总之，我们总是会有办法的，而在这一时刻，或许哪位聪敏的年轻人会出一个新招，但是尽管会相当新，却也会随之倒人胃口。倘若我们商品的外包装会时时翻新，我们就会创造或发展出一些自然不会有很多在品质和形式上是新的商品来。或许在文学创造中最有意义的当属个人的随笔。它至少与蒙田[1]一样古老，这一点儿不假，然而我们可将其视为现代随笔的第一位作者。自从他的时代起，随笔就大量得到采用，然而对于我们来说，其普及性是如此之大，如此与众不同，以至于我们理所当然地将其视为是我们的东西。它是时代典型的富有特征的符号，它将进入我们子孙后代的眼帘。其意义确实不在于我们在随笔写作方面所取得的成功——还没有人达到伊利亚[2]的随笔水平，而在于我们进行随笔写作无可置疑的能力方面，就好像这是超越所有其他人的自然言谈方式一样。随笔的特殊形式内含了一种独特的品质；你可以以这种形式恰到好处地说出以其他形式说不出来的东西。一种相当广泛的界定显然是其所包容的种种思想，它们恰如其分地珍藏在随笔之中；然而或许你会说随笔主要是某种自我的东西，要是这样，你就不会排除众多的随笔，而且你容纳的数量会很多。几乎所有的随笔均以大写的我开头："我认为""我感到"，而在你这样说时，显然你就不是在写历史、哲学、传记或其他什么东西，而是在写随笔，它有可能相当出色或有深度，它可以谈及灵魂的不朽，或你左肩的风湿病，然

---

[1] 蒙田（Michel Eyquem de Montaigne, 1533—1592），法国文艺复兴时期思想家，主要著作为《随笔集》。

[2] 兰姆（Charles Lamb, 1775—1834），英国散文家、评论家，以伊利亚为笔名发表随笔。

而关键在于它是个人的观点。

　　较之我们的前辈来，我们并不那么容易受到观念的支配——哎，这并不需要证实；我希望，我们大体上并不是更加以自我为中心；但是我们比他们在一件事上更加有能力；那就是灵巧地使用笔。毫无疑问，我们当今的随笔文学正是在于这种文笔艺术。那些伟大的古人荷马和埃斯库罗斯[1]可以摈弃笔墨；他们不会因为纸张和大量的墨水而产生灵感；他们并不担心自己的吟唱，那口头相传的和声，会失去韵律并且消亡。而我们随笔作家的写作是因为他们具有写作的天赋。倘若他们中写作的高手不多，我们则会缺少随笔作家。当然也有一些名人，他们出自心性的灵感采纳这种形式，因为这最好地体现了他们思想的真髓。然而另一方面，也有不少人却不幸停了下来，写作这一机械的行为得以使大脑运转，而只有更高一级的灵感才能使其运转起来。

　　于是，随笔的普及性还在于这一事实，对其恰当的使用是为了表达个人的独特感受，以便在印刷这一高雅面纱之下，人们得以完全沉溺于自我之中。你根本不用了解音乐、艺术或文学以对这些产品怀有某种兴趣，现代评论的巨大包袱不过是个人喜恶的表达——茶桌上令人愉快的饶舌——就用随笔这种形式好了。要是男人女人必须写作，就让他们不去触及这些伟大的艺术和文学的神秘；要是他们坦率告诉我们的并不是我们都能读到的书，并不是挂给我们大家看的画，而是一本他们自己得以解读的书，一幅除了自己可以凝视而大家都不得而视的画——要是他们来写自

---

　　[1] 荷马（Homer，约公元前9—8世纪），古希腊吟游盲诗人，著有史诗《伊利亚特》和《奥德赛》。埃斯库罗斯（Aeschylus，公元前525? —456），古希腊三大悲剧家之一，代表作有《被缚的普罗米修斯》等。

己，这种写作就会有其自身永久的价值。这一简单的词语"我出身于"有着某种魅力，与此相随，一切浪漫和神话的光环均会变为月光和闪光的金箔。然而，尽管它对于写自己似乎如此简单，但是大家知道，它仍是一种难以企及的技艺。在业已写成的大量自传中，有那么一两部是不真实的。在面对自己可怕的幽灵时，最勇敢的人也会逃之夭夭或闭上自己的双眼。于是，我们不是去面对自己所看重的坦诚的事实，而是在随笔形式下羞怯地暗示着，就大多数作品而言，都失去了基本的真诚之美。而那些不愿为了语句的措辞或炫耀似是而非的隽语而牺牲自己信念的人，则会认为只是谈及大体意思又会有损于印刷词汇的尊严，在印刷符号下，他们必须装出一副玄奥且可信的本性来。只是说，"我有一个花园，我要告诉你我花园里什么东西长得最好"可能是证实一种自我；但是若说"我尽管有六个女儿，但还没有儿子，女儿们都没结婚，我得告诉你要是我有儿子我会怎样培育他"就没有意思，没什么用，这是令人惊奇的、袒露自我的样本，对此，首次文笔艺术以及随笔写作的发明应当负责。

# 保护人[1]与番红花

刚开始写作的男女青年通常会听到这么一种貌似有理，其实完全不能实行的劝告：要把自己打算写的东西写得尽可能简短、尽可能清楚，脑子里不要考虑其他事情，只需把心里装的东西丝毫不差地说出来就行了。在这种场合下，没有任何人会来补充另一项不可或缺的条件："千万要明智地选定自己的保护人"，尽管这才是整个问题的要点。因为一本书写来总是给什么人读的，既然保护人并不单单是指发稿费的出纳员，也是指以一种非常微妙而隐晦的方式怂恿和激励你去如此这般写作的人，因此，寻找那个称心合意的人就至关重要了。

不过，谁是那个称心合意的人呢——谁才是那种保护人，他能诱使作家的头脑产生出最优秀的作品，为他所能孕育的那些多姿多彩、生气勃勃的精神产物催生呢？不同的时代对此做出了不同的回答。粗略地说，伊丽莎白时代作家们的选择是为贵族阶级写作，也为剧场观众写作。18世纪的保护人是由咖啡馆的才子和

---

[1] 保护人（patron）一译"恩主"，本指封建时代保护、奖掖文人的贵族，后来随着资产阶级的壮大，文人终于脱离对他们的依附而独立，但伍尔芙认为文学始终不能脱离读者大众这个"保护人"，而读者大众也应当具备应有的素质。

格拉布街[1]的书商共同组成的。到了19世纪，大作家们都为那些定价半克朗[2]的杂志和有闲阶级而写作。当我们回顾过去，赞叹那种种互不相同的结盟都产生过辉煌成果的时候，总觉得和我们的尴尬处境比较起来，那真是令人艳羡的简单，并像正午时分那样明白——然而我们又该为谁写作呢？因为今天可供选择的保护人五花八门，真是史无前例、令人困惑：有日报、周报、月刊；有英国读者大众和美国读者大众；有畅销书读者大众和滞销书读者大众；有教养高的读者大众和喜爱紧张情节的读者大众；而且现在他们全都组成了具有自我意识的统一体，能够动用各自的代言人，让你知道他们的需求，让你感觉到他们到底是赞许还是不满。于是，当有个作家在肯辛顿公园里目睹最初开放的番红花而深受感动，那么在他把笔落到纸上之前，先要从一大批竞争者当中选出某一个最适合他的保护人来。向他说"对他们一律不予考虑；只想着你的番红花"，那是没有用的，因为写作是一种交流方法；番红花若是不能与他人共赏，那就只能是一朵不完整的番红花。或许早晚会有人只为他自己写作吧，不过他只是一个例外，而且是一个值不得羡慕的例外，假如有些笨蛋能够读他的作品，就欢迎那些笨蛋去读好了。

我们姑且认为，在每一个作家的笔端之下总有着这一批读者或者那一批读者，可是见识高明的人士仍然会说读者应该是些谦恭柔顺的人们，无论作家喜欢给他们什么，他们都只会服服帖帖地接受。这种理论尽管听起来似乎有理，却带有极大的危险。

---

[1] 格拉布街（Grub Street），伦敦街名，即今密尔顿街，从18世纪起为穷困文人聚居之地。

[2] 英国旧制银币，值五先令。

因为在那种情况下，作家虽然意识到了自己的读者，却又超越于他们之上——这是一种既不舒服又很不恰当的结合，萨缪尔·巴特勒[1]、乔治·梅瑞狄斯[2]和亨利·詹姆士[3]的作品都可以引以为证。他们中的每一位都看不起读者大众；每一位又渴望拥有读者大众；然而每一位又没能赢得读者大众；而且，他们每一位又反过来因自己的失败而泄愤于读者，渐渐将作品写得愈来愈生硬、晦涩和矫揉造作，而一个将自己的保护人视为平等者和朋友的作家，是绝不认为有必要用这种办法去折磨读者的。结果，他们的番红花就成了饱受摧残的植物，虽然美丽而鲜艳，看上去却似乎歪着脖子，显得畸形，半边枯萎，另一边又过分繁茂。照射一点儿阳光对它们会大有好处的。那么，我们是不是就走向另一个极端，接受（只不过在想象中）《泰晤士报》和《每日新闻》的编辑们假定向我们提出的那种谄媚的建议——"兹为阁下之番红花一文确计一千五百字，预付二十镑；从约翰·奥格罗兹到地角[4]，此花应于明晨九点在每家早餐桌上准时开放，并附带作者之署名"？

　　不过，一朵番红花是否足够了呢？它难道不是必须带有一种灿烂的金黄色，才能够闪耀得很远，才能够很值钱，才能够让人把名字附加在上面吗？报纸无疑是一部庞大的番红花复制机。可是，如果我们对这些植物察看一番，就会发现它们和每年三月初

---

[1] 19世纪后期英国小说家，著有《埃瑞璜》《众生之路》等。

[2] 19世纪后期英国小说家，著有《包尚的事业》《利己主义者》等。

[3] 19世纪后期和20世纪初期英国小说家，出生于美国，1876年定居英国，著有《使节》《黛茜·米勒》等。

[4] 约翰·奥格罗兹（John O'Groats）是苏格兰的最北端，地角（Land's End）是英格兰最西边的小村庄，此处意指全英国。

在肯辛顿公园的草丛中绽开的那些真正的小黄花或小紫花相比，已经相差很远。报纸上的番红花是个令人惊异的东西，然而它却是一种迥然不同的植物。它能准确地填满指派给它的那一部分篇幅。它能放射出金灿灿的光华。它亲切、和蔼、满腔热情。它也被润饰得精美绝伦，因为谁也不要以为《泰晤士报》的"本报戏剧评论员"或者《每日新闻》的林德先生的技艺是轻易可以学得来的。能在上午九点开动一百万人的头脑，能让两百万只眼睛都有某种欢快、活泼、有趣的东西可看，这种技艺可不是能妄加鄙薄的。可是当夜晚降临，这些花朵就纷纷凋谢了。这些小玻璃碎片，只要你从海水中拿了出来，顿时就失去了它们的光彩；要是你把声名赫赫的歌剧女明星关在电话间里，她就会像鬣狗般地号叫；最富于才华的文章，倘若脱离了它的基本生存要素，也只不过是尘土、沙子和草皮而已。报刊文章若集为专书以求传之久远，总是不堪卒读的。

　　如此看来，我们所需要的保护人，乃是能够帮助我们去保存我们的花朵永不凋败的人。不过，因为保护人的素质会随时代的变化而变化，我们必须具有相当的真诚和信念，面对那竞争人群而不被种种假象所迷惑，不被种种诱劝所欺骗，所以寻找保护人这件事便是写作生涯的一种考验和磨炼。明白了为谁而写作，也就明白了怎样去写作。现代文学保护人应该具备的某些素质倒是相当清楚的。显然，作家现今所需要的乃是有读书习惯的保护人，而不是醉心于上戏院的保护人。当今之时，他还应该在有关其他时代和其他民族的文学方面受过教育。他还必须具有其他一些素质，那是我们特有的弱点和癖好所要求他具备的。譬如，有关描写猥亵的问题，和伊丽莎白时代的人相比，它甚至更是大大地让我们烦恼，使我们困窘。20世纪的文学保护人不应该对此感到震惊，他应该能准确无误地区别出哪些是出于必需而附着在番红花上的小粪团，哪些是为了哗众取宠而糊在番红花上的污物。他还应该能评判那些必将在现代文学中发挥重大作用的社会影响，并且能够指出哪些促进和强化着文学，哪些又抑制着文学和销蚀着它的生命力。进而言之，还有感情问题也等着他来发表意见，而再没有别的领域比这个领域更能让他发挥有益作用了，因为他可以鼓励作家一方面避免多愁善感，另一方面又克服对于表露自己感情的那种怯懦的恐惧。他会说：害怕自己的感情要比感情过分丰富更糟糕，或许也更是通病。他也许还会再谈谈语言问题，指出莎士比亚使用过多少词汇，莎士比亚又违反过多少语法规则，而我们，尽管像在弹钢琴时那样老是一本正经地用指头按着黑键，但也看不出我们能写得比《安东尼与克丽奥佩特拉》[1]好一点点。假如你能全然忘掉自己的性别，他还会说那当然更好；一个作家是没有性别的。不过，顺便说一句——所有这一切只是最基本的，而且还有争议。保护人的首要素质是另一种不同的东西，或许只能用一个包容量如此之大的权宜用语来表达——气氛。尤其必要的是，保护人应该将番红花笼盖和包裹在这样一种气氛中，使它看起来犹如一种至为珍贵的植物，歪曲地描绘它乃是人世间一种不可饶恕的暴行。他应该让我们体会到，即使只有一朵番红花，只要它是真正的番红花，对他来说就足够了；他不想听人教诲、让人提高、受人指导，或者被人改进；他曾经遗憾

---

[1] 《安东尼与克丽奥佩特拉》（*Antony and Cleopatra*）——莎士比亚的悲剧。

地逼得卡莱尔[1]大声叫喊、丁尼生[2]去写田园牧歌、罗斯金[3]神志不清；现在他准备根据他的作家们的要求，或者消隐自己的形象，或者表明自己的存在权利；他和作家们之间的关系比母子关系还要亲密；他们实际上是一对孪生子，一个死了另一个也会死，一个茁壮另一个也会茁壮；文学的命运取决于他们之间幸福的结合——这一切都足以证明，正如我们开始时所说的，选择保护人是至关重要的。然而，怎样才能选择得当呢？怎样才能写得好呢？这正是我们面临的问题。

---

[1]　19世纪苏格兰作家、历史学家。
[2]　19世纪英国诗人。
[3]　19世纪英国散文作家、文艺批评家。

# 第二部分

## 评论当代文学和文学名著

# 现代小说

在对现代小说进行任何考察，即使是进行最随意和最粗疏的考察的时候，也难免理所当然地认为这门艺术的现代实践总是在既往实践基础上的改进。我们似乎可以说，运用他们那简陋的工具和原始的材料，菲尔丁[1]做得不错，简·奥斯丁[2]甚至更好，可是，把他们的机会和我们的机会比一比吧！他们的杰作的确具有一种奇特的简朴风格。然而把文学和某种过程——例如制造汽车的过程——进行类比，乍一看来好像一样，接着就会觉得不甚相似。在几个世纪的进程中，虽然我们在制造机器方面学会了很多，但在制造文学方面是不是学会了什么，还是值得怀疑的。我们并未比过去写得更好；我们只能说做到了不停地移动，一会儿朝这个方向动一动，一会儿朝那个方向动一动，但假如从足够高的峰顶来俯瞰整个移动的轨迹，这种移动就带有一种原地转圈的趋势。用不着说明，我们并不自称（即使是暂时地）站在那种有利的地位。我们站在平地上，挤在人群中，尘埃敝目，心怀羡慕地回头望着那些更为幸运的斗士，他们的战斗已经胜利，他们功成名

---

[1]　18世纪英国小说家、剧作家，著有《约瑟·安德鲁传》《汤姆·琼斯》等。

[2]　18世纪英国女作家，著有《傲慢与偏见》《爱玛》等。

就，显示出一种如此祥和安宁的气派，以致我们忍不住会窃窃私语，说他们的战斗并不如我们的那样激烈。这要让文学史家来判定了；由他来说我们现在是站在一个散文小说伟大时代的开端、结尾还是中间，因为身处低矮的平原上是看不清什么的。我们仅仅知道某些感激或敌视之情激励着我们；某些道路似乎通向肥沃的土地，其他道路则通向尘埃和荒漠；对于这一点，或许还值得花费些时间来试加评述。

好吧，我们并不打算挑剔古典文学，假如说我们要责备威尔斯先生[1]、贝内特先生[2]，还有高尔斯华绥先生[3]，部分原因仅仅在于他们事实上还活着，所以他们的作品具有一种现时存在的、活生生的、随时可见的缺陷，使我们可以对其随意地加以讥评。不过同样确定无疑的是，我们固然应该因为受惠良多而感谢他们，却要将我们的无条件的感激保留给哈代先生[4]、康拉德先生[5]，以及在微小得多的程度上保留给《紫色的土地》《绿色大厦》和《遥远而久远》的作者赫德森先生[6]。威尔斯先生、贝内特先生和高尔斯华绥先生曾经激发起如此多的希望，又如此持续不断地使之破灭，以致我们对他们的感谢方式，主要是感谢他们向我们显示了什么是他们本可以做到而未能做到的事情，什么是我们必定不能做，但或许也同样是必定不愿做的事情。片言只语难以概括

---

[1] 20世纪英国小说家、历史学家。

[2] 20世纪英国小说家，著有《老妇谭》《五镇的安娜》等。

[3] 20世纪英国小说家、剧作家，著有《福赛特世家》等。

[4] 19世纪后期英国小说家、诗人，著有《卡斯特桥市长》《德伯家的苔丝》等。

[5] 20世纪英国小说家，著有《黑暗的心脏》《吉姆老爷》等。

[6] 20世纪初英国博物学家、小说家、散文作家。

我们对他们卷帙浩繁、品质糅杂、既可钦佩，又令人反感的作品的指责或不满。假如我们试图用一个词来阐明我们的意思，我们便会说这三位作家是物质主义者。这是因为，他们关注的不是精神而是肉体，所以他们令我们失望，并给我们以这样的感觉，即英国小说越是迅速地背离他们（尽可能客气地）、阔步前进，哪怕是走进沙漠，便越是有利于它的灵魂。自然，用一个词绝不可能射中三个分离箭靶的靶心。就威尔斯先生而言，物质主义这个词显然偏离靶心太远。不过即使对他来说，这个词也仍然给我们的思想指明了他的天才中所含有的致命的杂质，那混杂进他纯净灵感中的硕大泥块。可是贝内特先生或许是三个人中的罪魁祸首了，因为他是其中最出色的工匠。他能够使一本书从工艺而言达到如此结构紧密而坚实可靠，以致最苛刻的批评家也难以找出什么罅隙或裂缝，足以引起这座建筑潜在的朽坏。甚至窗棂间也透不过一丝风，在木板上也看不到一处裂痕。然而——假如生命拒绝在里面生存，又将如何？对于这种危险，《老妇谭》的作者以及乔治·肯南、埃德文·克莱汉格和其他一大群人物的创造者[1]完全可以宣称已经予以克服了。他的人物都生活得衣食丰裕，甚至超出了人们的意料，不过我们还是要问一问，他们活得怎么样，他们为了什么而活着？我们越来越觉得，他们正抛弃了在五镇[2]的建造精美的别墅，在火车的头等软座车厢里消磨着时光，手按着数不清的电铃和按钮；他们进行如此豪华的旅行的归宿，也越来越毫无疑义地是在布赖顿[3]最高级的饭店里无穷无尽地享受狂欢

---

[1] 《老妇谭》是贝内特的小说，此处提到的人物也见于贝内特的小说。
[2] 贝内特主要小说的背景地，英国斯塔福德郡的一个制陶手工业小镇。
[3] 英格兰西南滨海旅游胜地。

极乐。我们称威尔斯先生为物质主义者，倒不是指他太喜欢把他的小说构筑得坚实可靠。他的心肠过于宽厚仁慈，不允许他花费太多时间去把事物弄得井井有条、结结实实。他是因为纯粹的好心肠而成为物质主义者的，他把本该由政府官员履行的工作扛了起来，由于过多的观念和事实充塞了头脑，他再没有余暇去看清他笔下人物的粗糙低劣，或者忘记了去考虑这一点的重要性。然而，对于他所描绘的人间和天堂，假如我们说无论现在和将来都只是他的琼和彼得们[1]居住的地方，难道还有比这更具破坏性的批评吗？无论他们的创造者慷慨给予了他们怎样的制度和理想，他们天性的低劣难道不是使之黯然失色了吗？同样，尽管我们深深敬佩高尔斯华绥先生的正直与博爱，但我们在他的作品中也仍然找不到我们所寻觅的东西。

那么，如果我们给所有这些书都贴上一张标签，上面写上"物质主义"这个词，我们的意思是指他们写了些无足轻重的东西；他们耗费了非凡的技巧和巨大的劳苦，只不过是使微不足道和转瞬即逝的东西看上去像是真实而持久的东西罢了。

我们必须承认我们过于苛求，而且不仅如此，我们还发现难以说明我们所苛求的到底是什么，从而证明我们的不满是合乎情理的。我们在不同的时候会以不同的形式提出我们的质疑。可是当我们一声长叹丢下一本刚读完的小说时，这个疑问总会极其固执地重现心头——这时间花费得是否值得？它的意义到底是什么？是不是由于人类精神仿佛时不时会犯的那种小小的偏差，贝内特先生使用他那壮观的仪器来捕捉生活时，偏离了正确方向那

---

[1]　琼和彼得是威尔斯的小说《琼与彼得》中的人物。

么一两英寸？生命溜走了；而失去了生命，其他任何东西或许就不值一提了。我们不得不使用这样一个比喻，其实便等于承认了自己意思的含混，不过我们假如像批评家们惯常做的那样去谈论现实，也未必会使情况变得更好些。既然承认所有的小说评论都难免含混，还是让我们冒着风险提出我们的观点吧，即在我们看来，当前最为时髦的小说形式常常是错失了而不是抓住了我们所寻觅的东西。这种本质的东西，无论我们将其称作生命还是精神、真理还是现实，它已经抽身远去，或者独自前行，再也不肯被我们提供的如此不合身的制服所束缚了。然而，我们却继续坚持不懈地、诚心实意地按照一张设计图来构筑我们那长达三十二章的小说，而这个图样已经越来越不像我们心目中所想象的东西了。为了证明故事的坚实可靠和为了酷似生活而耗费了如此巨大的劳动，这不仅仅是精力的无益虚掷，而且将精力错用到如此程度，乃至于遮蔽和抹杀了思想的光芒。作家仿佛不是受他自己的自由意志的约束，而是受制于某个奴役他的强大而肆无忌惮的暴君，从而提供出喜剧、悲剧、爱情的乐趣，并制造出一种充满可能性的氛围，用香膏把一切涂抹得如此毫无瑕疵，以致假如他的人物变成了活人，会发现自己装扮得直到外衣的最后一个纽扣都正符合当时流行的款式。那位专制暴君得到了服从；这部小说也编织得恰到好处。可是，由于每一页都充斥了司空见惯的东西，我们有时候会随时光推移而越来越经常地产生片刻的疑惑，会突发一种对抗的情绪。生活就像这样吗？小说必须像这样吗？

从内在方面看，生活似乎远远不是"就像这样"。不妨对普通的一天里一个普通人的心灵略加考察吧。心灵接受了千万种印象——琐碎的、怪异的、转瞬即逝的或用钢刀的锐利锋刃刻下的印象。它们来自四面八方，就像不计其数的原子持续不断地簇射着；当这些原子坠落下来，将自身熔铸进星期一或星期二的生活的时候[1]，重点便会落在与过去不同的地方；至关重要的瞬间便不在此处而在彼处了；因此，如果一个作家是自由的人而不是奴隶，如果他能够愿写什么就写什么而不是必须写什么，如果他能将他的作品建立在自己的感受上而不是建立在既定规则上，那就不会有任何符合公认式样的情节、喜剧、悲剧、爱情的乐趣或灾难了，或许也没有一颗纽扣是按照邦德街[2]的裁缝所采用的样式钉上去的了。生活并非一组匀称排列着的轻便马车的车灯；生活是一圈明亮的光晕，是从我们的意识萌生起到其结束为止始终包裹着我们的一个半透明的封套。表现这种变幻的、未知的和未加界定的精神状态，无论它可能呈现出怎样的违情悖理或者错综复杂，并且尽可能地少掺杂异物和外部杂质，难道不正是小说家的任务吗？我们不仅仅是在呼吁勇气和诚挚；我们是在提醒大家，小说应有的素材，和习俗惯例让我们相信的那些素材，是稍许有一点不同的。

　　不管怎样，我们正是试图按照某种类似于此的方式，来说明几位青年作家的作品的特质，这种特质使得他们的作品与其前辈的作品不相雷同，而在这批青年作家中，詹姆斯·乔伊斯先生[3]是最引人注目的。这批作家力图更贴近生活，更真诚、更准确地保存下使他们感兴趣和受感动的东西，即使为了这样做他们必须抛弃小说家们普遍遵循的大多数成规。让我们按照那些原子坠落到

[1]　伍尔芙本人在1921年出版了她的实验性小说集《星期一或星期二》。
[2]　伦敦繁华的商业街。
[3]　20世纪爱尔兰小说家、诗人。

人的心灵上的顺序来记录下它们吧，让我们跟踪追寻这种模式，无论它看上去是多么不连贯和不一致，每一瞥间的景象或每一件小事都在意识上刻画下了这种模式的痕迹。让我们不要理所当然地认为，和通常以为微小的事情相比，在通常以为重大的事情中生活就更为丰富。任何人只要读过《一个青年艺术家的画像》[1]，或者读过现在正刊登于《小评论》上的、很可能会更有趣得多的《尤利西斯》[2]，他就会甘冒风险采用这类性质的理论来解释乔伊斯先生的意图。就我们这方面而言，仅凭着眼前的这一点作品片断来判断，这种理论与其说将得到证实，倒不如说真是在冒风险；不过，无论整部作品的意图是什么，毫无疑义它是极为真诚的，而其成果，尽管我们可能判定它是难以理解或使人不快的，却无可否认是重大的。同那些我们称之为物质主义者的人相比，乔伊斯先生是富于精神性的；他不惜付出一切代价所关注的是要揭示心灵最深处火焰的闪烁之光，这种火焰所蕴含的启示在头脑里倏忽闪现，他为了要把这火焰保存下来，怀着十足的勇气抛弃了任何在他看来是非本质的东西，无论那是"或然性"也罢，"一致性"也罢，还是其他任何诸如此类的指路标，而这些东西在世世代代里，当读者被要求去想象他既不能触摸又不能看见的东西时，便起着支持其想象力的作用。例如墓地的那个场景[3]，其辉煌的异彩，其污浊惨淡，其支离破碎，其电光火石般突兀显现的意义，毫无疑问的确非常贴近心灵的实质，以致人们在初读

---

[1]　乔伊斯的小说。

[2]　乔伊斯的小说，意识流小说的代表作。

[3]　这里指《尤利西斯》第六章《冥府》里布卢姆参加迪格纳姆葬礼的情景。

之下无论如何都难以不为这一部杰作欢呼。如果我们需要的是生活本身，那么我们在这里确实获取了它。假如我们试图要说我们希望获得的是另外的什么东西，而且要找出理由来说如此富于独创性的作品仍然不能与《青年时代》[1]和《卡斯特桥市长》[2]相媲美——因为我们必须提出高水准的范例来做比较——那我们的确发现自己还真得搜索枯肠、颇感为难。《尤利西斯》之所以逊色，是因为作者的思想还相对贫乏，我们满可以这样一言以蔽之，就此对付过去完事。不过也还可能再稍微深究下去，我们觉得自己置身于一间明亮然而狭窄的房间里，感到局限和封闭而非开阔和自由，是否能把这种感觉归因于我们不仅受到某种来自作者思想的、也来自作者写作方法上的限制呢？难道不正是这种方法抑制了创造力吗？难道不正是因为这种方法，我们才感到既不快活，也不开朗，而是被限制在一个自我的中心，这个自我尽管具有战栗般的敏感性，却绝不蕴含或创造自身之外和超出自身的东西？作品的着重点（或许出于教诲意义）放在粗鄙的方面，难道不是导致了某种生硬而割裂的效果吗？或者其原因仅仅在于，人们对于任何如此富于独创性的努力，尤其是在现代人眼里，感觉到它的缺陷比说明它的贡献要容易得多呢？无论是何种情况，站在局外来考察"方法"都是一种错误的做法。假如我们是作家，凡是表达我们意欲表达的内容的任何方法和每一种方法都是正确的；假如我们是读者，凡是使我们更接近小说家意图的任何方法和每一种方法也都是正确的。这一种方法就具有这样的优点，它使我

---

[1] 英国作家康拉德的小说。
[2] 英国作家哈代的小说。

们更接近我们打算称之为生活本身的东西。阅读《尤利西斯》难道不是使人想到，有多少生活被排斥或忽视了吗？翻开《特里斯丹·项狄传》[1]，甚至翻开《潘登尼斯》[2]，不是令人悚然而惊，并深信生活中不仅存在着其他许多方面，而且存在着更加重要的方面吗？

　　无论情况会是怎样，现今小说家所面临的问题，我们猜想它正是过去的一贯问题，即要努力设法自由无羁地将他所选择的东西记载下来。他必须具备勇气声明：使他感兴趣的不再是"这个"，而是"那个"；他必须仅仅从"那个"之中选材来构建他的作品。对于现代人而言，"那个"，那一兴趣点，很可能存在于心理的幽暗区域中。这样一来，着重点即刻就落在了稍许不同的地方；所强调的乃是至今为人们所忽视的某种东西；一种迥然不同的小说形式的轮廓立即变得至为必要了，它对我们而言还难以把握，而对我们的先辈而言则难以理解。除非是一个现代人，或者除非是一个俄国人，谁也不会对契诃夫在他题为"古瑟夫"的短篇小说里所设置的情景发生兴趣的。一些俄国士兵病倒在运送他们回俄国的一艘船上。作者给我们叙述了这些人的一些谈话片断和某些思绪；然后其中一个人死去并被抬走了；谈话在其他人当中又继续了一段时间，直到古瑟夫本人也死去，看上去"就像一根胡萝卜或者白萝卜"，被扔进了海中。小说的重点被置于如此出乎意料的地方，以致乍看起来似乎根本就没有重点；然后，当眼睛适应了朦胧的光线，能够辨别出房间里物体的形状时，我们便

---

[1]　18世纪英国作家斯特恩的小说。
[2]　19世纪英国作家萨克雷的小说。

看出这篇小说是多么完整，多么深刻，契诃夫是多么忠实地服从着他的想象，选择了这一点，那一点，以及其他种种，把它们融为一体，构成了某种新的东西。然而我们不可能说"这一点是喜剧性的"，或者"那一点是悲剧性的"，我们也难以确定这篇作品到底能不能被称为短篇小说，既然我们曾受过教诲说短篇小说应该简洁而明确，而这篇作品却含混不清、结论不明。

要对现代英国小说做最基本的评论，几乎无法避免要提到俄国的影响，而假如要提到俄国人，我们就有产生这种感觉的危险：除了他们那种小说而外，撰文评论其他任何小说都是浪费时间。如果我们想要理解灵魂和内心，在别的什么地方能找到可与之媲美的深刻性呢？如果说我们厌恶我们自己的物质主义，那么他们最无足轻重的小说家也具有一种与生俱来的对人类心灵的天然崇敬。"要学会使自己与民众血肉相连……不过别使这种同情出自头脑——因为用头脑去同情是容易做到的——而要发自内心，发自对他们的爱。"[1]如果说对他人苦难的同情，对他们的爱，努力达到值得灵魂进行艰苦卓绝追求的某个目标，这些便构成了神圣性的话，那么在每一个伟大的俄国作家身上，我们似乎都发现了圣徒的特性。正是他们身上的这种圣徒般的品质使我们惶惶不安，感觉到我们自己缺乏信仰热忱而平庸浅薄，并使我们的许许多多著名小说显得华而不实、徒具花招。俄罗斯思想如此宽厚博大而富于同情，它得出的结论恐怕不可避免地会是极度的悲哀。我们不妨谈论俄罗斯思想的无结论性，那样实在是更准确些。那是这样一种意识，即实际上并不存在问题的答案，假如诚

---

[1] 列夫·托尔斯泰语。

实地考察生活，那它只是提出一个又一个的问题而已，这些问题只能悬而未决，直到故事结束还不断地在耳际回响，发出毫无希望的质询，它使我们充满了深深的、最后或许是怨愤的绝望。他们大概是对的；他们无疑比我们看得更远，而且没有我们那些阻挡视线的稠密障碍。不过，我们或许也看到了某种他们没有看见的东西，否则，这种抗议的呼声何以会与我们的阴郁情绪混合为一体呢？这种抗议的呼声乃是另一种古老文明的声音，它似乎已在我们身上培育起享乐和战斗，而不是要受难和理解的天性。从斯特恩[1]到梅瑞狄斯[2]的英国小说足以证明，我们天然喜爱幽默和喜剧，喜爱人间的美，喜爱智力活动，喜爱肉体的健美。对这两种如此迥然相异的小说进行比较，从而推导出任何可能的结论，都是徒劳无益的，除非它们只是让我们充分领会到艺术具有无限的可能性，并提醒我们艺术的疆域是没有边界的，没有任何东西——没有任何"方法"，没有任何实验，甚至最为狂想不羁的实验——是受到禁止的，除了虚假和矫饰而外。"小说适宜的题材"是不存在的；一切都是小说适宜的题材，每一种感情，每一种思想；每一种头脑和心灵的特性都可以取材；没有任何一种知觉是不恰当。假如我们能想象小说艺术有了生命，并且站在我们中间，她无疑会要求我们不仅尊崇和热爱她，而且要毁坏她和欺凌她，因为这样她的青春才能复苏，她的崇高地位才能确保。

---

[1] 18世纪英国小说家，著有《特里斯丹·项狄传》《感伤旅行》等。

[2] 19世纪英国小说家，著有《包尚的事业》《利己主义者》等。

# 当代文学印象

    首先，一个当代人几乎免不了要对这么一个事实感到震惊：坐在同一张桌子旁边的两位批评家，竟会在同一时刻，对同一本书发表完全不同的意见。在右边，那本书被称为英国散文的杰作；与此同时，在左边，它却纯粹成了一堆废纸，如果炉火燃烧得比它的生命还长的话，就应该把它付之一炬。然而，两位批评家对弥尔顿[1]和济慈[2]却见解一致。他们都表现出了一种精微的感受力，并且无疑具有真正的热情。只有在讨论当代作家的作品时，他们才会不可避免地打起架来。那本引起争议的书——它既是对英国文学的不朽贡献，同时又纯粹是自命不凡和平庸无奇的大杂烩——是在大约两个月之前出版的。这就是解释；这说明了他们为什么会发生分歧。

    这个解释是很奇怪的。它弄得读者和作者两方面都不知所措。因为从读者方面说，他希望在当代文学的一片混沌中找到自己的方向；而从作家方面说，他自然渴望知道自己费了千辛万苦、几乎完全在黑暗中创造出来的作品，是否可能同英国文学中那些

---

[1]  17世纪英国诗人，著有长诗《失乐园》、诗剧《力士参孙》等。
[2]  19世纪英国诗人。

永恒的星座一道发光，或者恰好相反，只能归于熄灭。不过，假如我们站在读者的立场上，首先探究一下他所处的困境，我们的迷惑也就很快消散了。同样的事情以前就经常发生过。自从《罗伯特·埃尔斯米尔》[1]，又或许是斯蒂芬·菲力普斯[2]吧，不知怎么弥漫开了那种气氛以来，我们就听到博学之士平均每年两次——在春季和秋季——对新作品见解相左而对老作品达成共识；在成熟的读者中，对于这些书也存在着同样的意见分歧。可是还有更不可思议、更令人烦恼的事可能发生呢——假如意想不到的两位先生竟然看法一致，宣称某某先生的书是部无可怀疑的杰作，那就使我们不得不决定是否该掏出十先令六便士来支持他们的裁决。他们两位都是享有盛名的评论家；他们在这里冲口而出的见解，将会冠冕堂皇地化为专栏文章的庄严颂词，以维护英国和美国文学的尊严。

那么，一定是出于某种天生的愤世嫉俗，某种对当代天才的狭隘的不信任感，我们才在他们的谈话仍在进行之时自动地做出决定，即使他们的意见会达成一致——不过他们还丝毫没有显示出这种迹象——倘若为当代的论辩热情而浪费半个基尼[3]，这笔款子委实是太大了，应付这种事儿，图书馆的一张借书卡就满可以了。不过问题仍然存在，那就让我们大胆地向评论家们提出来吧。假如有一个读者，他对于已逝作家的崇敬绝不逊于任何

---

[1]　《罗伯特·埃尔斯米尔》（1888）是英国女作家汉弗莱·沃德夫人的长篇小说，曾引起评论界的热烈争议。

[2]　斯蒂芬·菲力普斯（1868—1915），英国诗人、戏剧家，他的无韵体诗剧曾受到评论界的高度颂扬，后来声誉又一落千丈。

[3]　半个基尼即等于十先令六便士。

人，却又为一种疑虑所苦恼，认为对于已逝作家的崇敬必然要同对于当代作家的理解联系起来，那么，这样一位读者现在就得不到任何人的指导了吗？在匆匆做了一番考察之后，两位评论家取得了一致意见：很不幸，没有这样的人。因为，在涉及新作品的问题上，他们自己的评判又能有什么价值呢？肯定不值十先令六便士。他们还从自己储存的经验中进一步找出过去巨大失误的可怕例证；那些批评中的严重错误，假如是针对着已逝作家而不是针对着现代作家的话，恐怕早就叫他们丢了饭碗，危及他们的声誉。他们所能提供的唯一忠告，就是尊重你自己的直觉，大胆地听从自己的直觉，而不要让直觉受到现今任何批评家或书评家的控制，要通过反复阅读以往的杰作来对自己的直觉进行检验。

我们一面恭顺地对他们表示感谢，一面又情不自禁地思忖着，觉得事情并非总是如此。我们应该相信，从前有个时候曾经存在着某种标准、某种法则，它以今天为人们所不了解的方式控制着那个伟大的读者共和国。这并不是说那些伟大的批评家——德莱顿[1]、约翰逊[2]、柯勒律治[3]和阿诺德[4]——就是他们同时代作品的万无一失的评判者，他们的裁决就可以给作品打下不可磨灭的检验标记，从而免除了读者自己来估价的麻烦。这些大人物在评论他们同时代作家时的失误是众所周知的，不必再详加叙述。不过，单单是有他们存在这一事实，就能产生一种众望所归的影响。我们做这种假设可不是异想天开：仅仅是那种影响，就会控

[1]　17世纪英国著名诗人、批评家。
[2]　18世纪英国著名散文作家、批评家、辞典编纂家。
[3]　19世纪英国著名诗人、批评家。
[4]　19世纪英国著名诗人、批评家。

制住餐桌上的种种争端，并给关于刚问世的某本书的散漫议论提供一种权威性意见，而这在今天却遍觅而不得。形形色色的学派当然会一直进行着激烈的争论，但是每个读者在思想深处都会意识到，至少还有一个人的眼睛一直在紧紧盯住文学的基本法则，假如你给他送上现今的某种怪异作品，他会把它和永恒法则相联系，并在相互对抗的颂扬与指责的疾风中以自己的权威来为它定位。但是，说到要造就一位批评家，造物主必须慷慨、社会必须成熟才行。现代世界中散布于四面八方的餐桌，还有当代社会纷繁潮流的浪涛相逐和急流旋涡，只有一个传说中那样雄伟的巨人才能够加以统率。可是，我们有权盼望的那位伟岸的人，他又在何处？我们有书评家，却没有批评家；我们有一百万个称职而廉洁的警察，却没有法官。一些具有鉴赏力、学识和能力的人一直在教诲着年轻人，对死者加以颂扬。然而，他们干练而勤勉的笔所经常造成的结果，却是把活生生的文学的肌体风干为一具小小的骨骼架。我们在任何地方也找不到德莱顿那样的一针见血的气势，找不到济慈那样的优美而自然的风姿、深刻的洞察力和明澈的理智，找不到福楼拜[1]那样的狂热信念的巨大力量，尤其找不到像柯勒律治那样的人，在头脑里酝酿着全部诗意，并不时流露出某种深刻而带普遍性的评述，它们仿佛就是作品本身的灵魂被阅读所激励的心灵倏忽间捕捉到了。

对于这一切，评论家们也慷慨地一致表示同意。他们说，一位伟大的批评家是极其罕见的人物。然而，要是真有一位这样的人奇迹般地出现了，我们应该怎样来维持他的生存，应该拿什么

---

[1] 19世纪法国作家，著有《包法利夫人》等。

来供养他呢？伟大的批评家，假如说他们自己并非大诗人的话，是要从时代的丰厚土壤里培育出来的。要有某位伟大人物，由他去为之辩护；要有某个流派，由他去建立或者摧毁。但是，我们这个时代却已经匮乏到了赤贫的边缘。没有一个名字能够傲视群侪。没有一位大师，可以让年轻人因在他的工作室里做学徒而感到自豪。哈代先生[1]早已退出了竞技场，康拉德先生[2]的天才之中又有某种异国情调，这使他与其说是一个有影响的人物，倒不如说是一尊偶像，虽备受尊崇和敬仰，却为人们敬而远之。至于其他人，尽管他们人数众多、精力充沛，并处于创造活动的全盛时期，却没有谁能够对同时代人发挥重大的影响，或者能够穿透我们的时代去进而影响到并不遥远的未来，即我们为了使自己高兴而说的"不朽"。如果我们以一个世纪来做试验，问一问英国在这些日子里所产生的作品，有多少到那个时候还能存在，我们将不得不回答道，我们不仅不可能一致同意有某一本书会如此，而且甚至十分怀疑是不是有这么一本书。这是一个断简残篇的年代。倒是有几节诗、几页书、这一章和那一章、这部小说的开端、那部小说的结尾，可以和任何时代、任何作家的最佳作品相媲美。可是，难道我们能拿着一捆散乱的篇页走到子孙后代跟前去，或者把我们的全部文学创作摊在他们面前，要求那时的读者从一大堆垃圾中筛选出我们那小小的几粒珍珠？这就是评论家可以合法地向他们餐桌上的伙伴——小说家和诗人们提出来的问题。

　　一开初，悲观主义的重负似乎足以压倒所有反对意见。是

---

[1]　19世纪后期英国作家、诗人，著有《德伯家的苔丝》《卡斯特桥市长》《还乡》等。
[2]　19纪后期英国小说家，出生于波兰。

的，我们再说一遍，这是一个歉收的年代，有许多理由来说明它的贫乏；然而，坦率地说，如果我们拿一个世纪和另一个世纪相对照，这种比较看来是绝对地对我们不利。《威佛利》《远游》《忽必烈汗》《唐璜》《赫兹利特散文集》《傲慢与偏见》《海坡里恩》和《解放了的普罗米修斯》都发表于1800至1821年之间。[1] 我们这个世纪并不缺乏勤奋努力；不过，倘若我们要求有杰作的话，从现象上看悲观主义者们似乎是对的。看来，一个才华横溢的时代后面，会接着出现一个勤奋努力的时代；一个张狂放纵的时代后面，会接着出现一个纯净和艰苦工作的时代。当然，一切荣誉都应该归于那些牺牲了个人的不朽，致力于把房屋整理得秩序井然的人。然而，假如我们要有杰作的话，又该向何处寻找呢？我们也许感到有把握的是，有不多的诗歌是会幸存下来的；它们是叶芝先生[2]、戴维斯先生[3]和德·拉·梅尔先生[4]的诗作。当然，劳伦斯先生[5]在一些时候有其伟大之处，但在更多的时候却远非如此。比尔博姆先生[6]呢，就他本人的写作方式而言是完美的，但那并不是一种大家风范。《遥远而久远》[7]中的一些片

---

[1] 司各特的《威佛利》出版于1814年；华兹华斯的长诗《远游》出版于1814年；柯勒律治的《忽必烈汗》发表于1816年；拜伦的诗体小说《唐璜》出版于1818年；赫兹利特在这一时期出版过多部散文集；简·奥斯丁的《傲慢与偏见》出版于1813年；济慈的长诗《海坡里恩》出版于1819年；雪莱的诗剧《解放了的普罗米修斯》出版于1819年。

[2] 现代爱尔兰戏剧家、诗人。

[3] 现代英国诗人。

[4] 现代英国诗人。

[5] 现代英国小说家、诗人、散文作家，著有《儿子与情人》《虹》《查泰莱夫人的情人》等。

[6] 现代英国评论家、散文作家、漫画家。

[7] 英国作家、博物学家W. H. 赫德森（1841—1922）的回忆录。

断，毫无疑问完全能够流传后世。《尤利西斯》[1]是一场令人难忘的灾变——胆量极大，灾祸也很可怕。就这样，我们挑挑选选，一会儿选中这个，一会儿选中那个，把入选的作品高举起来展示一番，听到有人们为它辩护或者嘲笑它，到最后我们仍不得不面对着那种反对意见，也就是说即便如此，我们也不过同那些批评家看法一致，认为这是一个不能进行持续努力、只有断简残篇纷然杂陈的年代，无法认真地跟前面一个时代相比较。

然而，正当这些意见普遍流行、我们也对它的权威性大加奉承的时候，有时又会极其敏锐地意识到我们对自己说的话一个字也不相信。我们再次断言，这是一个贫瘠荒芜、筋疲力尽的时代；我们只能怀着羡慕之情回顾往昔。但与此同时，它又是早春的晴朗日子中的一天。生活并非完全缺乏色彩。就说电话机吧。它虽然干扰了最严肃的谈话，打断了最重大的评论，但它也有自身的传奇性。那些没有机会获得不朽、因而能够把心里话说出来的人们，他们的随意闲聊却往往具有一种由灯光、街道、房屋和人物构成的布景，它或美丽或怪诞，都会把它自己永远编织进这个瞬间中去。这就是生活；而我们所谈的却是文学。我们必须努力把搅在一起的这两件事情分开，并为乐观主义鲁莽的反叛精神辩护，以对抗悲观主义那更高明的巧辩和更漂亮的名声。

因此，我们的乐观主义主要是出于本能。它来自晴朗的日子、美酒和谈话；它来自这个事实：生活每天献出这样的珍宝，每天令人想起比最健谈的人所能表达的还要多的东西，所以尽管我们非常敬佩已逝的人们，可我们还是宁愿享有目前这样的生

---

[1] 爱尔兰小说家乔伊斯的意识流长篇小说。

活。目前的生活中存在着我们不愿拿出来作交换的东西，即使我们可以选择生活在所有过去的时代，我们也不愿拿目前来交换。现代文学尽管有其一切不完美之处，也具有同样的吸引我们的力量和同样的魅力。它好像是一个亲戚，我们时时都故意冷落他、伤他的感情，可是说到底我们还是打发不走他。它具有如同我们的存在、我们的创造、我们的生活状况那样的亲切性质，而不是某种尽管威严可敬，但与我们不相融合、只是从外部来观看的东西。也没有任何别的时代的人，比我们这一代更需要珍爱自己的同代作家。我们被截然斩断了同先辈之间的联系。衡量尺度发生了转变——许多世代以来放在固定位置的许多东西突然垮塌——这使得整个组织结构从上到下受到了震动，使得我们同过去疏远，并且使我们或许过分强烈地意识到现在。每一天，我们都发现自己正做着、说着、想着对于我们的先辈而言是不可能的事情。对于迄今未被注意到的种种差异，我们的感受要比对业已得到完美表达的种种相似之处敏锐得多。新的书籍所以能吸引我们去阅读，其部分原因就在于我们希望它们会反映出我们在态度上的这种重新调整——这些场景、思想，以及种种互不调和的事物似乎偶然的组合，都以一种如此强烈的新奇感冲击着我们——并且像文学所做的那样，又将它以完整的和理解过的形态交还给我们保存。因此，我们的确有一切理由抱乐观主义态度。没有任何时代拥有比我们的时代更多的作家，他们决心表达出把他们和过去区别开来的种种差异，而不是去表现将他们与过去相联系的相似之处。列举作家的名字会令人感到厌倦的，不过凡是对诗歌、小说和传记稍有涉猎的最漫不经心的读者，对我们时代所赋予的勇气和真诚，总之，对当代作家广泛的独创性，都几乎不能不留有印象。然而，我们这种振奋心情却又很奇怪地被消除了。一本又一本书，给我们留下同样的感受，使我们觉得期望并未实现、智力贫乏、生活中的光彩被抓住了但又未能转化到文学之中。当代最好的作品中，有许多看上去是在紧迫之中记录下来，用一种苍白的速记文体写成的，那倒是能以惊人的鲜明性把人物晃过屏幕时的动作和表情保存住。可是，那道闪光倏忽即逝，给我们留下的只是深深的不满足感。我们的恼怒之剧烈，同我们的快乐之强烈铢两悉称。

归根结底，我们又退回到了出发点，在两个极端之间来回摇摆，一会儿满腔热情，接下来又悲观失望，对于我们同时代的作家总是作不出任何结论。我们曾请求评论家来帮助我们，可是他们却不愿承担这项任务。那么，现在已经到时候了，应该接受他们的忠告，通过向过去的杰作请教来矫正那两个极端。我们觉得自己被推到这些杰作面前，确实并非受到了冷静判断的推动，而是被某种迫切需要所驱使，想把我们摇摆不定的态度固定在它们的安全性上。可是，说老实话，过去和现在之间的对比所带来的震动，起初的确使人感到困惑不安。毋庸置疑，在那些伟大作品中含有某种沉闷的因素。在华兹华斯、司各特和奥斯丁女士的一页又一页作品中，有一种泰然自若的宁静心境，简直平静得近乎令人昏昏欲睡了。有种种机会源源涌现了，他们却置若罔闻。事物的色彩浓淡和微妙差异渐次累积，他们也视而不见。他们似乎故意拒绝满足现代人的激发得如此活跃的那些感觉：视觉、听觉、触觉——尤为重要的，是关于人、关于人的隐秘和人的知觉的变化、关于人的复杂性、关于他的混乱心灵的感觉，简言之，关于他的自我的感觉。这一切，在华兹华斯、司各特和简·奥斯丁的作品中几乎找不到。那么，那种逐渐地、愉快地和彻底地征服了我们的安全感，又从何而来呢？那是他们信念的力量——他们确切不移的信念的力量，在对我们发挥作用。在华兹华斯这位哲理诗人身上，这一点是十分明显的。不过，对于那位在早餐前信笔涂鸦出杰作来以建造空中楼阁的漫不经心的司各特，和那位仅仅为了乐趣而偷偷地、安静地写作的谦逊的未婚女士[1]来说，情况也是如此。他们两位都具有相同的天然信念，确信生活具有某种品质。他们都有自己对于行为的判断标准。他们都了解人类彼此之间和人类对世界的关系。对于这一点，他们或许谁也没有直接说过什么，然而一切都取决于此。只管相信好了——我们发现自己在说——其他一切自然会实现的。只管相信好了——举一个由于最近出版了《沃森一家》[2]而使人想起的简单例子——一个好姑娘会出于本能尽力去安慰一个在舞会上遭受冷遇的少年；假如你无保留地、毫无疑问地相信它，那你不仅会使一百年以后的读者感受到同样的事，而且会使他们把它作为文学来感受。因为，正是这种确信无疑的态度，才使得写作成为可能。相信你自己的印象对其他人同样适用，也就是从个人特性的束缚和桎梏中解脱出来。这就是自由，像司各特那样的自由，以一种至今仍使我们心醉神迷的活力，去探索充满冒险和传奇色彩的整个世界。这也就是简·奥斯丁臻于炉火纯青的那种神秘的创作程序的第一步。那么微小的一点人生体验一旦被选中、被确信不疑、被扩展到她的自身之外，就会被安放到恰如其分的位置上，然后她就能用一种分

---

[1] 指简·奥斯丁。

[2] 这是简·奥斯丁约于1805年写的未完成小说稿。

析家绝对无法窥破其奥秘的程序，自由地把它铸造为那种完整的陈述，而这就是文学。

因此，我们同时代作家之所以会使我们苦恼，就因为他们不再怀抱信念。他们当中最真诚的人也只不过告诉我们，他本人所遭遇的事是什么情况。他们不能创造出一个世界，因为他们无法摆脱其他人的束缚。他们不能讲述故事，因为他们并不相信那些故事是真实的。他们不能使个别事物普遍化。他们依靠自己的感觉和感情，因为它们的证据是值得信赖的；他们不依靠自己的理智，因为它的信息是模糊不清的。这样，他们迫不得已地放弃了创造技艺中某些最有力、最精致的武器。尽管有整个英国语言的财富作他们的后盾，他们却畏怯地把最低贱的铜币从一个人手里传到另一个人手里，从这本书中传到那本书中。他们被安置在观察不朽景象的一个崭新的视角，却只能急匆匆掏出笔记本来，带着痛苦的紧张感记录下那飞掠而过的闪光（它所照耀的是什么呢？）以及那转瞬即逝的光彩（它们也许什么也不能构成）。不过，就在这里评论家们插嘴了，并显示着自己的公正不倚。

他们说，如果这种描述是适用的，而并不是（像它很可能的那样）完全依赖于我们在餐桌上所坐的位置以及对于芥末罐和花瓶的某种纯粹个人的关系，那么，评价当代作品所担的风险就要比以往任何时候都大。如果他们说得完全离了谱，要找借口也有的是；而且毫无疑问，最好还是像马修·阿诺德所忠告的那样，从当前这片燃烧着的土地退却到安全宁静的往昔去。马修·阿诺德曾写道："当我们探讨那些时代与我们如此接近的诗歌，如拜伦、雪莱、华兹华斯的诗歌时，我们便进入了一片燃烧的土地，因为对于这些诗歌的评价往往不仅是个人化的，而且是带有强烈感情的个人化。"这一段话，人们还提醒我们说，是在1880年写的。当心呐，他们说，不要从许多英里长的缎带中抽出一英寸放到显微镜下去观察；只要你们耐心等待，事物会自己理出头绪来的；最好保持适度节制，还要钻研古典名著。再说呢，人生短暂啊；拜伦逝世一百周年纪念就要到了，眼下的紧要问题是：他究竟是否同自己的姐姐结了婚？那么，总括起来——假如说大家还在一窝蜂地七嘴八舌讲话，同时又到了该散伙的当儿，居然还能作什么总结的话——那么对于当代作家而言，干脆放弃写出杰作的希望，看来似乎是明智的。他们的诗歌、剧本、传记、小说还算不上是书，只是一些笔记本；而时光就像一位优秀的教师，他会把它们拿在手中，指出它们那些墨污、乱画、涂抹的地方，并把它们撕成两半；可是，他并不把它们扔进废纸篓里。他会把它们保存起来，因为其他学生会发现它们很有用处。正是从现在这些笔记本中，将会创造出未来的杰作。文学，正如评论家们刚才所说的那样，已经存在很久了，已经经历过了许多变化；只有目光短浅、胸怀狭隘的人才会夸大眼前这些短暂风暴的严重性，尽管它们可能会搅动那些在海上颠簸着的小船。狂风暴雨在海面上喧嚣；海洋深处却是亘古不变、一派安宁。

至于那些以评价当代作品为职责的评论家们，让我们承认，他们的工作是困难的、危险的，而且常常是令人讨厌的；让我们请求他们慷慨地给人以鼓励，但是少给人戴花环和桂冠，它们很容易歪斜和褪色，六个月不到就会让佩戴的人看上去有点滑稽可笑。让他们对现代文学采取一种更宽广、更少个人色彩的观点，并且确实把作家视为正在修建着某座宏伟建筑的人们，这座建筑是由共同努力来建造的，单个的工人不妨做无名英雄。让他们对那一伙舒舒服服享受着便宜的糖和丰富的黄油的人关上门，至少暂时放弃讨论那令人心醉的题目——拜伦是否娶了他的姐姐——或者从我们坐着闲聊的餐桌旁边后退一个巴掌宽的距离，对文学本身说点有趣的事情吧。当他们要离开的时候，让我们抓住他们的衣钮挽留他们，请他们回忆一下那位憔悴的贵妇人海斯特·斯坦厄普夫人[1]，她在马厩里养着一匹乳白色的骏马，随时供救世主骑乘，并一直急不可耐却又信心十足地仔细观看山顶，寻找他降临的迹象；让我们请求他们遵照她的榜样，注视着地平线，回顾过去要联系到未来，从而为将要出现的杰作做好准备吧。

---

[1] 19世纪英国一位虔诚的女信徒，她预言基督必将降临人世，并为此一直养着一匹骏马。

# 《鲁滨孙漂流记》[1]

　　探讨这一部经典作品，可以有许多不同的路径；不过，我们将选择哪一种呢？我们是不是要从这种说法入手，即自从锡德尼[2]在扎特芬丢下未曾完稿的《阿卡狄亚》去世之后[3]，英国的社会生活已经发生了许多重大变化，而小说则已经选择了，或者说被迫选择了它的发展方向呢？一个中产阶级已经产生了，他们有能力阅读，而且他们渴望着阅读的不仅仅是王子和公主的爱情故事，而是有关他们自己和他们平凡生活的详情细节。散文经过千百人在笔头拉长铺展，已经能够适应这种需求；它已经使自己适宜于表现生活的实际状况，而不是表达诗意。这当然是探讨《鲁滨孙漂流记》的一种方式——通过小说的发展来研究它；可是我们立刻又想起另外一种方式——通过作者的生平来进行。在这里和研究小说发展一样，在传记这片美妙的牧场上，我们满可以耗费掉比从头到尾把书本身读一遍所需要的多得多的时间。首先，笛福的出生时间就值得怀疑——究竟是1660年还是1661年？再说，他

---

　　[1]　18世纪英国小说家笛福的著名小说。
　　[2]　英国文艺复兴时期的诗人，著有论文《诗辩》、长篇田园诗《阿卡狄亚》等。
　　[3]　锡德尼于1586年在弗兰德斯（今荷兰）的扎特芬作战负伤而死。

究竟是把自己的姓拼写成一个字还是两个字？还有，他的祖上究竟有些什么人？据说他曾经是个卖内衣的商人；不过，在17世纪一个内衣商人究竟是个怎样的人？他后来成了一个写小册子的作者，并且得到了威廉三世[1]的信任；他因为写了一本小册子而受到带枷示众的处罚[2]，并被关进了新门监狱；他先受雇于哈利[3]，之后又受雇于戈多尔芬[4]；他还是第一个为金钱而受雇于人的报纸撰稿人；他写了不计其数的小册子和文章；他还写了《摩尔·弗兰德斯》[5]和《鲁滨孙漂流记》；他有一个妻子和六个孩子；他身材瘦小，长着鹰钩鼻子，轮廓鲜明的下巴，灰色的眼睛，嘴边还有一颗很大的痣。凡是稍许熟悉英国文学的人，用不着别人告诉他，都知道追溯小说的发展过程和考察小说家们的下巴能够消磨掉多少时光，并且业已消磨掉了多少人的生命。只不过时不时地，当我们从理论转向传记又从传记转向理论的时候，一股疑云会在心头暗暗升起——即使我们知道笛福出生的准确时刻，以及他爱过谁并为什么会爱；即使我们对英国小说的起源、兴盛、发展、衰落和灭亡的全部过程，从它在埃及的孕育（比如说）直到它在巴拉圭旷野上消亡（也许是）全都了然于心，难道我们从《鲁滨孙漂流记》里就能品尝到几许额外的乐趣，读它的时候就能增添丝毫的理解力吗？

---

[1] 荷兰奥兰治亲王之子，英国"光荣革命"之后于1689—1702年间为英国国王。

[2] 1703年，笛福因写作政治讽刺小册子《铲除非国教派的最简捷办法》（1702）而受带枷示众和监禁的处罚。

[3] 18世纪英国托利党领袖，曾历任内阁要职。

[4] 当时的内阁大臣，先与哈利合作，后分手。

[5] 该小说发表于1722年。

因为只有书本身才真正存在。我们与书打交道，不管怎样绕圈、回避、应付、拖延，最后等待着我们的是一场单打独斗。作者和读者之间要处理一番事务，然后进一步的交易才可能进行，而在这种个人会谈当中，假如有人提醒说笛福曾经卖过袜子、长着棕色的头发、曾经带枷示众之类，那就只能使人分散注意力和感到烦恼。我们的首要任务——这个任务常常是够艰巨的了——是要掌握作者的透视法。在我们未曾明白小说家是怎样安排他的世界之前，批评家强加于我们的那个世界里的种种装饰，传记家要我们注意的关于作者的种种奇遇，只不过是对我们毫无用处的不必要的知识。我们必须独自攀登到小说家的肩头上去，通过他的眼睛来观察一切，直到我们也弄懂了他是按照怎样的次序去安排小说家们注定要加以观察的种种重大而普通事物，那就是：个人和人类；在他们背后的大自然；再就是超越他们之上的那种力量，为了方便和简洁不妨叫作上帝。不过，混乱、误解、困难立刻就发生了。那些对象在我们看来虽然很简单，可一经小说家按照自己的方式将它们互相联系起来，就被弄得稀奇古怪，让人实在不可辨认了。看起来真是这样：人们虽然亲密地生活在一起，呼吸的也是相同的空气，但他们的比例感却是大相径庭；在这个人看来人是巨大的，树是细小的；在另一个人看来，树则是巨大的，而人类只是处在背景中的微不足道的小东西。因此，不管教科书怎么说，作家们可能生活在同一时期，但眼中事物的大小却根本不同。譬如说司各特[1]，他把山峰描绘得赫然耸立，人物描写也按照相应的比例；简·奥斯丁则用茶杯上的玫瑰花与小说中人物对

---

[1] 19世纪英国小说家，欧洲历史小说的奠基人。

话的机智相配；皮柯克[1]却扭曲出一面古怪的哈哈镜来映照天和地，在那面镜子中，一只茶杯可能像维苏威火山，或者维苏威火山像一只茶杯。然而，司各特、简·奥斯丁和皮柯克都生活在同一个的时期；他们看到的是同一个世界；他们在教科书里也被归入文学史的同一阶段。他们的区别正是在于各自不同的透视方法。那么，只要假定我们自己能牢牢把握住这一点，这一场战斗就能以我们的胜利而结束；我们与作家们稳固地建立了亲近关系，也就能安安心心地回头来享受批评家和传记家们如此慷慨地提供给我们的各种各样的乐趣了。

不过正是在这里，出现了许多困难。因为我们有我们自己对于世界的看法；我们又是从我们自己的经验和偏见中形成这种看法的，因此它就会跟我们的虚荣和偏爱紧密结合在一起。一旦有人耍花招把我们个人的内心和谐打破，我们便不可能不感到自己受了伤害和侮辱。因此，当《无名的裘德》[2]或者普鲁斯特[3]的一卷新作问世，报纸上就像洪水泛滥般地满是抗议。契尔腾南[4]的吉卜斯少校会宣称：假如生活真的像哈代所描绘的那样，他明天就要用一颗子弹打穿自己的脑袋；汉普斯台德[5]的韦格斯小姐必定会抗议道：普鲁斯特的艺术尽管很精妙，但她要感谢上帝，真实世界跟一个走入邪路的法国佬的歪曲毫无共同之处。这位先生和这位女士都竭力要控制小说家的透视方法，以便它能够类似并且

---

[1]　19世纪英国讽刺作家。
[2]　19世纪后期英国作家哈代的小说。
[3]　20世纪法国小说家，著有《追忆逝水年华》等。
[4]　在英格兰格罗斯特郡。
[5]　伦敦地名。

加强他们自己的观点。可是，像哈代或者普鲁斯特这样的伟大作家却毫不理会私有财产权，仍然走自己的路；他凭着自己额头上的汗水，从混沌之中整理出秩序；他在那里种上他的树木，在这里放上他的人物；他按照自己的意愿，让他的神的形象或者隐没在远方，或者让他出现在眼前。在杰作中，即在那些观点明晰、秩序井然的作品中，作者都如此严厉地要求我们服从他自己的透视法，以致我们常常会感到痛苦——我们的虚荣心受到了伤害，因为我们自己原有的秩序被打破了；我们感到害怕，因为我们原来的精神支柱正在被扳掉；同时我们还感到兴味索然——因为从一种崭新的观念里能获得什么快乐和消遣呢？然而，从愤怒、恐惧和厌烦当中，有时候是会产生罕见而又持久的乐趣的。

《鲁滨孙漂流记》大概是一个恰当的范例。这是一部杰作，而它之所以是一部杰作，主要就是因为笛福始终如一地保持着他自己的透视感。正是由于这个原因，他处处让我们遭遇到挫折和嘲笑。让我们粗略地看看这部小说的主题，把它和我们的先入之见做一番比较吧。我们知道，它讲的是一个人在经历过许多危险和奇遇之后，又被孤零零扔在一个荒岛上的故事。仅仅是这种暗示——风险啦，孤独啦，荒岛啦——就足以在我们心里激起期盼，指望会看到天涯海角的某个遥远之地，看到日出和日落，看到一个与他的同类相隔绝的人，在独自沉思着社会的性质和人们奇怪的行为方式。在翻开书之前，我们大概已经粗略地勾画出了我们期望它给予我们的那种类型的乐趣。我们读了起来；可我们在每一页都遇到了粗暴无礼的顶撞。小说中根本没有什么日落呀日出呀，也根本没有什么孤独呀灵魂呀。相反，和我们迎面相对的只有一只大陶罐。换句话说，书中只是告诉我们，时间是1651年9

月1号；主人公的名字叫鲁滨孙·克鲁索；他的父亲有痛风病。如此看来，我们显然必须改变态度。现实、事实、物质，将会控制着后面的全部内容。我们必须刻不容缓地彻底改变我们关于大小高低的比例的观念；大自然必须卷起她那璀璨壮丽的华服，她不过是带来干旱和洪涝的力量；人必须降为苦苦挣扎以求保存生命的动物；而上帝则缩减为一名地方行政官，他的座位固然结实而有些坚硬，也仅仅比地平线高出了一点点。我们一次次出击，去寻找有关透视的这三大基本点——上帝，人类，大自然——的信息，可是每次都被无情的普通常识冷冰冰地顶了回来。鲁滨孙想到过上帝："有时候，我暗自对自己提出疑问：上天为什么要这样彻底毁掉它创造的生灵？……但是，某种东西总是会迅速地驳斥我，不许我再想下去。"上帝并不存在。他也想到过大自然，想到原野里"点缀着花朵和青草，长满了极为美丽的树林"，但树林之所以重要是因为里面住满了许许多多的鹦鹉，可以驯养它们，教它们说话。大自然也不存在。他还曾考虑过他亲手杀死的那些人。最要紧的是他们必须马上被掩埋掉，因为"他们曝晒在日光下，不久就会发臭"。死亡也不存在了。什么都不存在，除了一只陶罐。也就是说，到最后我们被迫放弃我们的先入之见，去接受笛福本人想要告诉我们的东西。

让我们回到小说开头，再念一遍："我于1632年出生在约克市一个好人家里。"再没有比这个开头更平凡、更就事论事的了。我们审慎地被它吸引住，去考虑有条有理、勤勤恳恳的中产阶级生活的那种福分。我们相信再没有比生在英国中产阶级家庭中更交好运的了。高贵者值得怜悯，贫寒者也是如此；他们都不得不经受心神烦乱和忧虑不安；处于卑贱和高贵之间的中间地位上才最好；而中产阶级的美德——节制，稳健，宁静，还有健康——这些才是最称心合意的东西。因此，一个中产阶级青年在某种厄运的作用下竟愚蠢地爱好上了冒险活动，那可真是令人遗憾的事。他就这样平铺直叙地讲下去，一点一点地描绘出他自己的画像，以至于我们永远也忘记不了——我们脑子里留下了不可磨灭的印记，因为他也不会忘记自己的特点，不会忘记他的精明、他的谨慎、他对于秩序和舒适及体面的爱好；到后来不知是怎么搞的，我们觉得自己也到了大海上，置身风暴中，而且凝神望去，一切景物都丝毫不差地和鲁滨孙所见到的一样。海浪啊，水手啊，天空啊，大船啊——一切都是透过那双精明的、中产阶级的、缺乏想象力的眼睛来观察的。我们无论看什么都不能不用他的眼光。一切事物的形态都和他那与生俱来的谨慎、敏捷、恪守成规、讲究实际的智力所能把握的一样。他不可能产生热情。他对大自然的宏伟天生就有一点儿不喜欢。他甚至怀疑所谓天命是夸大其词。他是那样忙碌、那样专注于照看自己的切身利益，以致对周围发生的事情只能注意到十分之一。他相信，每一件事物都会得到一种合情合理的解释，只要他有时间去留心它。当那群"极其庞大的动物"在夜里游出来包围他的小船时，我们比他本人还要惊恐。他立即拿起枪来向它们开火，它们也就游走了——至于它们是不是些狮子，他可真的说不清楚。于是，我们不知不觉地惊奇得把嘴张得越来越大。我们都轻易相信了那些奇谈怪事，倘若由一个富于想象力、描写浮夸的旅行家把这些事情讲给我们听，我们是绝不愿意相信的。可是，这个强健的中产阶级人物所记述的任何事情都能视为实有其事。他老是在数着他的木桶，老是在用明智的办法保证水的供应；我们甚至在细节上也从不会发现他会出什么差错。我们心里纳闷：他是不是忘记了他在船上还有一大块蜂蜡？绝对没有忘记。只不过他既然已经用那蜂蜡做了许多蜡烛，那它到了第38页自然不会和在第23页里一样大了。有时候出乎意料，他也会让某个不合情理的事情悬而不决——为什么野猫都是那么驯顺服帖，而且连野山羊也变得如此胆怯畏缩了呢？但我们是不会真感到忧烦的，因为我们相信那一定有个理由，而且是个非常健全的理由，只要他有了工夫肯定会讲给我们听的。不过，一个人孤零零地待在荒岛上完全靠个人力量来求生，那种生存的压力的确不是一件好笑的事。这也绝对不是哭闹一番可以解决的事。一个人必须操心照看一切；当闪电可能引起他的火药爆炸时，那绝不是为大自然的壮美而兴高采烈的时候——迫在眉睫的是要为炸药找一个安全的存放地。这样，凭着毫不游移地按照自己之所见讲述出真情实况——凭着作为一个伟大艺术家，要摈弃这一点而大胆描述那一点，从而发挥他的最优秀的品质，即一种真实感——他终于使得平凡的行为变得庄严高贵，使得平凡的事物变得美丽动人。挖地，烤面包，种庄稼，造房子——这些简单的工作是多么庄严啊；短斧，剪刀，圆木，大斧——这些平凡的物品变得多么优美啊。故事不受议论的阻挠，以宏伟的直截了当而质朴无华的风格向前发展。然而议论又怎能使它更加深切感人呢？的确，他选择了一条与心理学家恰好相反的路——他描写的是情感对身体的影响，而不是对精神的影响。他说他在极度苦恼的瞬刻紧紧攥着两只手，以致能把任何柔软东西都捏碎；"我的牙齿上下紧紧咬住，那样用力扣在一处，我一时竟然不能把它们再分开"；这时候的描写所达到的效果就像心理分析的记录一样深刻。他在这件事上的本能是正确无误的。"让博物学家们去解释这些事情，以及这些事的道理和现象吧，"他说，"我所能为他们做的一切，便是描写事实……"假如你是笛福，把事实描写出来当然就足够了；因为这件事乃是确凿无误的事实。凭着捕捉事实的天才，笛福所达到的成就除了那些描写散文的大师巨匠以外是无人可以企及的。他只需以寥寥数语提到"拂晓时的蒙蒙灰色"，就生动地描绘出了一个疾风劲吹的黎明的景象。一股凄凉孤独感，还有许多人的死亡，只用世界上最平淡无奇的话就表达出来了："我后来再也没有看到过他们，或者他们的任何踪影，只见过他们的三顶礼帽，一顶便帽，两只不成对的鞋子。"最后他大声喊道："看看我怎样像一个国王那样单独进餐，侍奉着我的是我的仆役。"——那便是他的鹦鹉、狗和两只猫。这时候，我们情不自禁地感到仿佛整个人类都孤独地待在一个荒岛上——不过，笛福有一种扑灭我们热情的办法，他马上就告诉我们：这两只猫并非从大船上带下来的那两只猫。那两只猫都已经死掉了；这两只猫是新来的；而且事实上猫由于生育力强，不久就成为很大的麻烦，而狗却够奇怪了，压根儿就不产崽。

这样，笛福通过反复地让一只陶罐处于突出的前景上，便说服我们也看见了那些遥远的海岛和人类灵魂的种种孤独状态。因为他坚定不移地相信那只陶罐结结实实，并且真是用泥土做成的，他就让所有其他因素都服从于他的意图；他用一根绳子把整个宇宙都系成和谐的一体了。当我们合上这本书的时候。不禁会问：有什么理由认为这只朴素无华的陶罐给我们展示的景象——只要我们能捕捉到它——不正像人类自身以其全部崇高气魄屹立在星空灿烂、群山起伏、海浪翻滚的背景上那样，同样使我们感到完全地心满意足呢？

# 《简·爱》与《呼啸山庄》[1]

　　自夏洛蒂·勃朗特诞生后，已经过去了一百年，而她，今天虽已成为如此众多的传说、爱戴和文献的中心，却只活了这一百年当中的三十九个年头。假如她的生命能达到一般人的寿命长度，这些传说便会变得何等不同，想到这一点就不免令人感到匪夷所思。她可能会像她的某些同时代名人一样，成为一个在伦敦和别的地方为人们所熟知常见的人物，成为无数图画和轶事的主题，成为许多小说、也可能是许多回忆录的作者，她会和我们疏远，而以其辉煌盛誉存在于现今的中年人的记忆之中。[2] 她或许会生活富足，她或许会好运亨通。然而事实并非如此。当我们想到她的时候，我们不得不去想象某个在我们这现代世界上命运多蹇的人；我们不得不让思绪回到上个世纪的50年代，回到荒凉的约克郡旷野上的一处偏僻的牧师住宅。就在那个牧师住宅里，在那些荒野地上，郁郁寡欢而孤单寂寞，在她的贫困处境和她那昂扬意

---

　　[1]　《简·爱》和《呼啸山庄》分别是19世纪英国女作家夏洛蒂·勃朗特和艾米莉·勃朗特姐妹两人的小说。

　　[2]　夏洛蒂·勃朗特生于1816年，死于1855年，享年不到四十岁。前面假设她能活到一般人的寿命长度，那么，距伍尔芙写作此文的1916年，中年人可以留有对她的直接记忆。

气中，她永远地留在了那儿。

既然这些境况会影响到她的性格，也就可能在她的作品里留下它们的痕迹。我们思忖，一个小说家当然不得不使用许多极不经久的材料来建造他的小说结构，这些材料起初会给小说带来真实感，到最后却变成了废物妨碍着它。当我们再次翻开《简·爱》的时候，我们难以抑制这样的疑惑：我们会发现她的想象世界是古旧的、维多利亚时代中期的、过了时的，就像荒野上的那所牧师住宅，是一个只有好奇者才会去造访、只有虔信者才会去维护的地方。我们就这样翻开了《简·爱》；才不过读了两页，一切怀疑就从心头一扫而光了。

> 皱褶重重的猩红色帐幔挡住了我右边的视线；左边是明亮的窗玻璃，保护着我不受十一月阴沉天气的侵袭，却又并不使我与外界隔绝。我一边翻看着书页，又时不时仔细眺望冬日午后的景色。远处，铺开了一片茫茫的灰白色云雾；近处，是湿漉漉的草坪和被风摧残了的灌木丛，连绵不断的雨水在一阵长久而凄厉的暴风前头狂掠而去。

再没有什么比那片荒野本身更不能经久的了，再没有什么比"长久而凄厉的暴风"更容易受时尚支配而变化的了。可是刚才的这一阵兴奋情绪却也不是转瞬即逝的。它催促着我们一口气把整部书读完，不给我们时间来思考，也不让我们从书页上抬起眼光。我们全神贯注到如此紧张的程度，以致假如有人在房间里走动，那行动也仿佛不是发生在跟前，而是发生在约克郡。作者抓住我们的手，迫使我们沿着她的路前进，让我们看到她所看见的一切，她绝不离开我们片刻，也不允许我们忘掉她。直到最后，我们深深地沉浸在夏洛蒂·勃朗特的天才、激情和愤慨之中了。异乎寻常的脸孔，轮廓刚劲有力和面容粗糙扭曲的人物一个接一个地闪现在我们眼前；不过我们是通过她的眼睛才看见他们的。她一旦离去，我们就再也寻觅不到他们了。一想起罗切斯特，我们就不能不想到简·爱。一想起那片荒野，简·爱就再一次出现。甚至想起那个客厅，想起那些"上面仿佛满放着鲜艳的花环的白色地毯"，那个摆放着"宝石般鲜红"的波希米亚玻璃饰品的"灰白色帕洛斯大理石壁炉架"，以及"雪白与火红交融辉映的景象"[1]——要是没有了简·爱，这一切又算得了什么呢？（夏洛蒂·勃朗特和艾米莉·勃朗特具有极其相同的色彩感："……我们看见——啊！真美啊——一个辉煌夺目的地方，铺着深红色的地毯，摆放着带深红色桌布和椅套的桌椅，纯白的天花板周围镶着金边，用银链吊在正中的一束玻璃坠子向下垂落，被许多小蜡烛的柔光照得闪闪发亮。"[2]"不过这只是一个非常漂亮的客厅而已，里面还有一间供女士使用的小会客室，两间屋里都铺着白色地毯，上面仿佛放满了鲜艳的花环。两间屋子的天花板上都有雪白的葡萄和蔓叶的模塑，下面则是深红色的长沙发椅和脚凳，耀眼的红色与之形成丰富的对照；在灰白色帕洛斯大理石壁炉架上，放着闪闪发光的波希米亚玻璃饰品，宝石般鲜红；窗户之间

---

[1] 这里指小说第十二章中简·爱初到桑菲尔德时的情景。

[2] 这是《呼啸山庄》第六章中希斯克厉夫和凯瑟琳偷看画眉山庄客厅时的描写。

的大镜子反射出一片雪白与火红交融辉映的景象。"[1])

　　要找出简·爱这类人物的种种缺陷并非难事。总是做女家庭教师，总是坠入情网，这在一个毕竟充满了既不做家庭教师又不坠入情网的人的世界上，乃是一种严重的局限。和这种人物相比，简·奥斯丁[2]或者托尔斯泰那类作家书中的人物就具有许许多多侧面。他们活着，而且对许多不同的人发生影响，而这些人又像镜子一样映照着处于中心地位的他们，从而使得他们的性格变得复杂起来。无论他们的创造者是否在注视着他们，他们四处走动着，而他们所生活着的世界既然已经被他们创造出来了，它仿佛也就成了我们自己可以去拜访的一个独立的世界。在个性的力量和视野的狭窄方面，托马斯·哈代[3]和夏洛蒂·勃朗特倒是比较接近，不过差异也是很大的。我们阅读《无名的裘德》[4]时，并不急于一下子读到结尾；我们沉思默想，离开正文而浮想联翩，种种思绪在人物周围营造出一种诘问和暗示的氛围，对此人物自身却往往并没有意识到。尽管他们只是些单纯的农民，我们却不得不让他们去面对含义极为丰富的各种命运和疑问，这样，在一部哈代的小说中似乎最重要的人物倒是那些无名者了。这种能力，这种思辨性的好奇心，在夏洛蒂·勃朗特身上却没有显示出丝毫迹象。她并不试图去解决人类生存的问题；她甚至没有觉察到这类问题的存在；她的全部力量——这种力量因为受到限制而

---

　　[1]　见《简·爱》第十一章。

　　[2]　18世纪英国女作家，著有《傲慢与偏见》《爱玛》等。

　　[3]　19世纪后期英国小说家、诗人，著有《卡斯特桥市长》《德伯家的苔丝》等。

　　[4]　作者为哈代。

变得越发强大——都凝聚进了这样的断言中："我爱""我恨""我受苦"。

这是因为，以自我为中心和受自我限制的作家们，具有一种拒斥更宽广、更开阔因素的力量。他们的印象在他们那狭窄的墙壁间紧紧地充塞着和有力地压缩着。从他们心灵中流溢出的东西无不打上了他们自己的印记。他们很少向其他作家学习什么，而且即使有所采纳，自己也难以吸收消化。哈代和夏洛蒂·勃朗特两人似乎都是在一种生硬而正统的报刊文体基础上建立起自己的风格的。他们的散文风格总体说来笨拙而缺乏灵动。不过两个人都通过艰苦努力，对每一缕思想都冥思苦想直至将文字驯服得服从于思想本身，从而获得了牢不可破的整体性，这就为自己铸造出了一种完全符合其心灵模式的散文风格；而且，这种风格具备了其自身独特的一种美，一种力量，一种敏锐。至少，夏洛蒂·勃朗特并非是从广泛阅读许多书籍中才获得写作才能的。她从未学会职业作家那种平滑流畅的文风，或者获得那种随意堆砌和支配语言的能力。"我永远也不能安宁地和强有力的、思想缜密和教养高雅的人进行精神交流，无论是男性还是女性，"她这样写道，就像任何一个外省报纸的社论作者可能写的那样；不过她又聚集起内心的火焰和速度，以自己真正的声音继续说，"直到我越过成规惯例筑成的外围工事，跨过了自信的门槛，在他们心灵的炉火边赢得一席之地为止。"也就是那儿，她据有了自己的位置；正是那内心火焰的忽明忽暗的红光照亮了她的书页。换言之，我们读夏洛蒂·勃朗特，不是为了发现对人物性格的精细观察——她的人物性格是精力充沛而简单质朴的；不是为了发现喜剧性情节——她的情节是严酷而粗糙的；也不是为了发现对生活的哲学观点——她的见解不过是一个乡村牧师女儿的见解罢了；我们是为了她作品中的诗意。大概所有像她那样具有特别强大的个性的作家都是如此。这类作家，正如我们在实际生活中所说的，只需要把门打开，让别人感受到他们是怎样的人就行了。他们身上有某种未经驯服的凶猛气质，始终在和已被普遍接受的事物秩序交战，这使得他们渴望立即投入创造，而不耐烦去做仔细观察。正是这种创造的热情排除了细节上朦胧不清以及其他种种较为微小的障碍，展翅飞掠过芸芸众生的日常琐事，并和他们的种种难以言说的激情融合为一体。这就使他们成为诗人，即或是他们选择了散文写作，也难以忍受散文的清规戒律。正因为如此，艾米莉和夏洛蒂两人总是向大自然求助。她们都感到需要借助某些比语言或行为所能传达的更为强大的象征，来表现人类天性中种种宏大的和沉睡着的激情。夏洛蒂正是以一段关于暴风雨的描写，来结束她最优秀的小说《维耶特》[1]的："天幕低垂，光线昏暗——一艘失事的船从西边驶来；云朵变幻为各种奇异的形状。"这样，她召请了大自然来描绘出一种非如此就无法表达的心境。不过，这两姐妹对大自然的观察都不如多萝西·华兹华斯[2]那样准确，也没有丁尼生[3]描绘得那么细致入微。她们所捕捉到的是大地上与她们自己所感受到的，或者与转移到她们的人物身上的东西最相似的那些方面，因此，她们笔下的风暴、荒野、夏季美好的时光，并不是一些装饰品，用来点缀一页枯燥的文字，或者

---

[1]　夏洛蒂·勃朗特于1853年发表的小说。

[2]　19世纪英国女诗人和日记、书简作家，著名"湖畔派"诗人华兹华斯之妹。

[3]　19世纪英国诗人。

显示作者的观察能力——它们为的是展示感情，为的是照亮作品的意义。

一部作品的意义，往往不在于发生了什么事情，说过些什么话，而在于本身各不相同的各种事物之间对作者而言存在着某种联系，这样，作品的意义也就必然是很难把握的。特别是当一个作家像勃朗特姐妹那样具有诗人气质，他要表达的意义和他的语言密不可分，而且意义本身与其说是一种独特的观察倒不如说是一种情绪，情况就更是如此了。《呼啸山庄》是一部比《简·爱》更难理解的书，因为艾米莉是个比夏洛蒂更伟大的诗人。夏洛蒂写作的时候，她富于雄辩、光彩和激情地诉说着"我爱""我恨""我受苦"。她的感受尽管更为强烈，却与我们自己的感受处于同一水准线上。可是，在《呼啸山庄》里却没有这个"我"。没有女家庭教师。没有雇主。书里面有爱，但不是男人和女人之间的那种爱。艾米莉被某种更为普遍的观念激励着，驱使她进行创造的冲动并不是她自己的痛苦或她自己身受的伤害。她看到身外是一个四分五裂、极度混乱的世界，觉得自己有力量在一部书中把这个世界融合起来。这种宏大抱负在整部书中从头到尾都可以感觉到——这是一番苦斗，虽然遭受到了相当大的挫折而仍旧确信不移；她要通过她的人物之口说出某种东西，但不仅仅是"我爱"或者"我恨"，而是"我们，整个人类"和"你们，永恒的力量……"然而这句话却没有说完。情况竟会如此，倒也不足为奇；令人惊异的倒是她能够使我们感觉到她心里要说出的到底是什么意思。这番心思在凯瑟琳·恩肖[1]那说得半明半暗的话语中涌现了

[1] 《呼啸山庄》的女主人公。

出来："假如别的一切都毁灭了，而他还在，那我就能继续活下去；假如别的一切还在，而他却毁灭了，那么宇宙就会变成一个广袤的陌生地，我也似乎不再是它的一部分了。"在死者面前，这种内心的话语又一次迸发而出："我看到了一种无论人间还是地狱都无法破坏的安息，我感觉到了一种对那无穷无尽、无影无形的来世的确信——他们已经进入了永恒——在那里，生命无限绵延，爱情无限和谐，欢乐无限圆满。"正是因为小说暗示出了在人类天性的种种幻象之下所蛰伏着的力量，而且这种力量能将那些幻象升华至崇高的境界，才使得这部书在其他小说中显出宏伟的高度。然而，对于艾米莉·勃朗特来说，仅仅写几首抒情诗，发出一声呼喊，或者表达某种信念，那是不够的。在她所写的诗中，她曾经一劳永逸地这样做过了，而她的诗或许会比她的小说更能流传久远。不过，她是诗人，也是小说家，她必须承担起一种更加费力而且更为不讨好的任务。她必须面对其他存在状态的事实，与外在事物的结构扭打搏斗，按照人们可以辨认得出的形象建造起农庄和房屋，并要转述独立存在于她自身之外的男人女人的言谈。因此，我们之所以达到这些情感的巅峰，并非借助于激扬的话语或狂热的言辞，而是因为听见一个姑娘一边坐在树杈间摇晃，一边独自唱着古老的谣曲；因为看见了荒野上的羊群在啃食着草皮；因为倾听着柔风在青草间轻轻吹拂。那个田庄上的生活，尽管荒诞不经和令人难以置信，都展示在了我们的眼前。我们获得了一切机会去比较"呼啸山庄"和一个真实的田庄，去比较希斯克厉夫[1]和一个真实的男人。我们可以提出疑问：在这些与

---

[1] 《呼啸山庄》的男主人公。

我们曾经见到的人们迥乎不同的男人和女人身上，还能有什么真实性、洞察力或者更细微的情感层次可言呢？然而，即使我们提出了这样的问题，我们却仍然在希斯克厉夫身上看出了只有一位富于天才的姐妹才可能看出的那个兄弟；我们可以说，在现实生活中不可能有他这样的人物，但尽管如此，在文学中却绝没有哪个男孩子像他那样栩栩如生的了。凯瑟琳母女的情况也是如此；我们可以说，女人是绝不会有她们那样的感受，也不会按照她们那样的方式来行动的。然而尽管如此，她们仍然是英国小说中最可爱的女人。似乎作者能够把我们借以认识人类的一切特征都撕得粉碎，然后向这些不可辨识的透明体中灌注进一股如此遒劲的生命的狂飙，以致它们超越于现实之上。这样看来，她的才能是一切才能中最为罕见的。她能够把生命从其对事实的依赖中解脱出来；只需寥寥几笔，就可以揭示出一张面孔后面的精神，致使肉体纯属多余；一说起荒原，便能唤起狂风呼啸，雷声隆隆。

第三部分　关于女权主义

# 莎士比亚的妹妹[1]

　　黄昏时分，不能带回去某种重要的声明、某种可靠的事实，这是很令人失望的。[2]女人要比男人穷，那是因为这个原因或是那个原因。或许现在最好是放弃寻找真理，停止接受那像雪崩一样落在头上的一大堆意见，它们像火山熔岩一样的灼热，像洗碗水一样的污浊。最好还是把窗帘拉下来；把使人心烦意乱的事情都关在外面；把灯点上；缩小探询的范围，去请教历史学家，而历史学家是不记录意见，只记载事实的，请他们来描述一下女人的生活状况如何吧；倒也用不着纵谈历朝历代，只需谈谈英国，比如说伊丽莎白女王时代就行。

　　为什么在那非同寻常的文学中，任何妇女也没有写过片言只语，而所有其他男人却似乎都能写出歌曲或者十四行诗？这实在是一个长期无法解释的难题。我问自己，女人当时是在怎样的情况下生活的呢？因为小说是一种富于想象力的工作，它并不像一个石子一样能从上面掉落到地上，而科学或许可能这样。小说就

---

　　[1]　本文选自伍尔芙关于女权的著作《一间自己的屋子》第三章和第六章的结尾部分。

　　[2]　前一章里，伍尔芙写她到大英博物馆去寻找男女命运为何不同的答案。

像一张蜘蛛的网，四个角总是附着于人生之上，虽然也许是很轻地附着着。这种附着常常是几乎看不出来的；譬如莎士比亚的剧作，看起来就好像完全靠自身独自挂在那儿。不过当那张网拉得歪扭了，边上被钩住了，中间被撕破了，我们就会想起这些网并不是由无实体的动物在半空中编织而成的，而是一些受苦受难的人的劳作，并且是附着于十足物质性的东西之上的，例如健康、金钱和我们住的房子。

因此，我走到了放历史著作的书架前面，把最近出版的一本取了下来，那是特里威廉教授写的《英国史》[1]。我又查找出"妇女"这一条，找到"妇女的地位"，然后翻到所指明的那若干页。我读起来："殴打妻子是大家公认的男人的权利，而且不论社会地位是高还是低，都一律如此而不以为耻……"这位历史学家又接着写道："同样，假如女儿拒绝和父母选定的男人结婚，就应当被关起来、挨打和在屋子里被推来搡去，这样做公众舆论是不会震惊的。婚姻并不是纯属个人感情的事情，而是满足家庭贪婪的机会，特别是在所谓'骑士阶层'的上流社会里……常常在当事者的一方或者双方都还在摇篮里的时候就已经订婚了，而在几乎还没能脱离保姆管教的年龄就结婚了。"那大约是在1470年，离乔叟[2]在世之时还不久。书中再次提到妇女地位的时候，差不多又过了两百年，是在斯图亚特王朝[3]的时候了。"上等和中等社会里的妇女自己选择丈夫仍是例外，而且只要丈夫一经指定，他就是君主和家长，至少法律和习俗是这样认定他的。不过尽管如

---

[1]　该书出版于1926年，长期被视为权威的单卷本英国史。
[2]　英国文艺复兴时期的诗人，著有《坎特伯雷故事集》等。
[3]　1371—1603年统治苏格兰的王室，后于1603—1714年统治英格兰。

此，"特里威廉教授总结道，"不论是莎士比亚所写的妇女，还是那些翔实可靠的17世纪的《回忆录》，如维尔尼和哈钦生的《回忆录》[1]里写到的妇女，倒也都似乎不缺少人格和个性。"当然啦，只要我们想一想就知道，克丽奥佩特拉[2]做事总是随心所欲；我们会承认，麦克白夫人[3]拥有她自己的意志；我们还可以下结论说，洛萨琳[4]是一个迷人的姑娘。当特里威廉教授说莎士比亚剧中的妇女似乎不缺少人格和个性的时候，他说的倒确确实实是真话。假如你不是历史学家，你还满可以再进一步说，在有史以来的所有诗人的所有著作里，妇女都像灯塔的烽火一样熊熊燃烧着——在剧作家笔下，有克莱泰姆特拉[5]、安提戈涅[6]、克丽奥佩特拉、麦克白夫人、费德尔[7]、克瑞西达[8]、洛萨琳、苔斯特蒙娜[9]、莫尔菲公爵夫人[10]；在散文作家笔下，有米拉门特[11]、克莱丽莎[12]、培基·夏泼[13]、安娜·卡列尼娜[14]、爱玛·包法利[15]、盖尔芒特夫

---

[1]　《维尔尼家族回忆录》和路茜·哈钦生于1806年发表的其丈夫的传记都是较著名的历史资料。

[2]　莎士比亚剧作《安东尼与克丽奥佩特拉》的女主人公。

[3]　莎士比亚剧作《麦克白》的女主人公。

[4]　莎士比亚剧作《皆大欢喜》的女主人公。

[5]　古希腊悲剧家埃斯库罗斯的悲剧《阿伽门农》的女主人公。

[6]　古希腊悲剧家索福克勒斯的悲剧《安提戈涅》的女主人公。

[7]　17世纪法国悲剧作家拉辛的悲剧《费德尔》的女主人公。

[8]　莎士比亚剧作《特洛伊罗斯和克瑞西达》的女主人公。

[9]　莎士比亚剧作《奥赛罗》的女主人公。

[10]　英国戏剧家威伯斯特的剧作《莫尔菲公爵夫人》的女主人公。

[11]　英国戏剧家、小说家康格里夫的小说《世道》的女主人公。

[12]　英国小说家理查生的长篇小说《克莱丽莎》的女主人公。

[13]　英国小说家萨克雷的长篇小说《名利场》的女主人公。

[14]　俄国作家列夫·托尔斯泰的长篇小说《安娜·卡列尼娜》的女主人公。

[15]　法国作家福楼拜的长篇小说《包法利夫人》女主人公。

人[1]——这许许多多人名一下子涌进脑海中，它们让人想起的绝不是"缺乏人格和个性"的女人。说真的，假如女人只活在男人们写的虚构作品里，此外就根本不存在的话，那倒可以想象她是一个极其重要的人物；她变化多端，既勇敢又卑劣，既高尚又下贱，既美丽无比又丑恶至极；她和男人一样伟大，甚至有人认为她比男人还要伟大呢。不过这只是虚构作品中的女人。实际上，正如特里威廉教授所指出的，她被关起来，被殴打，被人在屋子里推来搡去。

于是，一个非常奇怪而复杂的人就产生了。在想象中，她占据着最重要的地位；实际上她却完全无足轻重。她在诗歌里从头到尾无处不在；可她在历史里却压根儿不露面。她在小说里统治着帝王和征服者的生命，而实际上她却是任何一个男孩子的奴隶，只要那个男孩子的父母强迫她在手指上戴一个戒指。在文学中，她的嘴里倾吐出某些最富灵感的言辞，某些最深刻的思想，而在实际生活中她却几乎不会阅读，不会拼写，而且是属于她丈夫的财产。

一个人如果先读历史学家的书，再读诗人的作品，那么女人在他眼里一定是个奇异的怪物——一只蠕虫，却长着鹰那样的翅膀；生命与美之精灵，却在厨房里切着牛油。不过这样的怪物无论想象起来多么有趣，事实上却根本不存在。你要想让她活起来，必须在同一时刻既充满诗意地去想，又平凡无奇地去想，这样就能一方面不脱离事实——她是马丁太太，三十六岁，穿着蓝衣服，戴着黑帽子，脚下是一双棕黄色的鞋；另一方面又不会看

---

[1] 法国作家普鲁斯特的小说《追忆逝水年华》的女主人公。

不到虚构——她是一件容器，各种精神和力量在里面永恒地循环运行、闪耀光芒。然而，我们刚要尝试着运用这种方法去想象伊丽莎白女王时代的妇女，却发现有一方面晦暗不明；我们因为事实的缺乏而受到了阻碍。我们不知道任何事情的详情细节，不知道关于她的任何绝对真实和实在的事情。历史几乎是提也不提到她的。于是我又去读特里威廉教授的书，去看他所谓的历史到底是什么。我看了看他每章的题目，便发现了他所谓的历史就是——

"采邑法庭和公共田地耕种法……西斯特西安修士和羊之放牧……十字军……大学……下议院……百年战争……蔷薇战争……文艺复兴学者……修道院的解体……平均地权和宗教之争……英国海军力量的起源……西班牙无敌舰队……"等。偶尔会提到个别的女人，伊丽莎白女王，或者玛丽女王；总之不是一个女王，就是一个贵妇人。那些除了头脑与个性便一无所有的中等社会的妇女，是绝对不可能参加那些伟大活动的，而那些活动聚集起来就构成了历史学家对过去的看法。在任何记载趣闻轶事的集子里我们也找不到她。奥布里[1]几乎没有提到过她。她从来不写自传，也不记日记；只有她的几封信还留存下来。她也没有留下任何剧本或是诗集，可供我们借以评判她。我想，我们需要一大批材料——为什么纽南姆或者格登[2]某个出众的女学生没能提供给我们这些材料呢？她在什么年纪结的婚？通常说来她有几个孩子？她的房子什么样子？她有没有属于自己的一间屋子？她要做

---

[1] 奥布里（John Aubrey, 1626—1697），英国日记作家。
[2] 英国剑桥大学的两所女子学院。

饭吗？她可能有一个用人吗？所有这些事实或许就记在教区记录册或是账本的某个地方吧；伊丽莎白时代的一个普通女人的生平一定分散在某些地方，有没有人能搜集起来，写成一本书呢？我一面在书架上四处浏览，寻找着那里面所没有的书籍，一面想：尽管我认为历史看起来常常有点奇怪，显得不真实，观点片面，但要建议那些著名大学里的学生们把历史重写一遍，我却不敢有那种野心；不过，他们为什么不给历史增添一点补遗呢？当然，只要给它起一个不惹人注意的书名，这样妇女不就可以在那里面出头露面，而又不至于有违礼法了吗？因为，在伟大人物的传记里我们常常会瞥见她们一眼，可又一掠而过，隐入暗影之中去了；我有时候想，她们是在掩藏一道眼色，一阵笑声，或许是一滴泪珠。无论如何，我们已经有够多的简·奥斯丁[1]的传记了；似乎也不需要再考虑乔安娜·贝丽[2]的悲剧对埃德加·爱伦·坡的诗产生过什么影响。要说我自己，玛丽·拉塞尔·米特福德[3]的旧居和她常去之地即使关闭至少一个世纪不向公众开放，我也毫不在意。可是，我一面扫视着书架一面继续想，对于18世纪以前的妇女我们却一无所知，我觉得这倒是很可悲的。我脑子里没有一个典型事例可供这样或那样地反复思考。我在这儿问，伊丽莎白时代的女人为什么不写诗，可是我并不清楚她们受的是怎样的教育；是不是有人教她们写字；她们是否有自己的起居室；多少女人在

---

[1]　18世纪英国女作家，著有《傲慢与偏见》《爱玛》等。

[2]　乔安娜·贝丽（Joanna Baillie, 1762—1851），女诗人和戏剧家，为英国作家司各特所推崇。

[3]　玛丽·拉塞尔·米特福德（Mary Russel Mitford, 1787—1855），女诗人和小说家，以乡村生活描写而著称。

二十一岁以前就有了孩子；总而言之，从早上8点到晚上8点她们到底做些什么事。她们显然没有钱；据特里威廉教授的说法，不管她们情愿还是不情愿，还不等走出育婴室，极有可能在十五六岁的时候就得结婚。我可以断定，仅只根据这一点来看，假使她们中间有一个人突然写出了莎士比亚的戏剧，那简直是咄咄怪事，而且我不由得想起了那位老先生，现在已经作古，但活着的时候身为主教，他就宣布过任何女人，不论是过去的、现在的或是将来的，绝不可能有莎士比亚那样的天才。他在报纸上发表过这个观点。他还告诉过一位向他求教的女士说：猫实际上是进不了天堂的，接着又补充说尽管它们也有灵魂之类的东西。这样的老先生们常常替人免去了多少思考之烦啊！只要他们一走近，愚昧的边缘就会退缩多少啊！猫不能进天堂。女人不能写莎士比亚的戏剧。

尽管如此，当我望着书架上的《莎士比亚全集》时，我还是不得不承认那位主教至少在这一点上是对的：在莎士比亚的时代，女人是完全彻底地不可能写出莎士比亚戏剧的。既然事实是那么难以找到，那就让我们进行想象，假如莎士比亚有一个禀赋超群的妹妹，权且叫她朱迪思吧，那会发生什么事情呢？莎士比亚本人很可能是进过文法学校的——他的母亲继承了一笔遗产，他在那儿大概学了拉丁文——奥维德、维吉尔、贺拉斯[1]——还有文法和逻辑的基础课程。众所周知，他是一个野孩子，偷捕兔子，或许还射杀过一只鹿，没到该结婚的时候就和相邻的一个女孩子结了婚，而她则在比应当生小孩的时间还早时就给他生了一

[1] 均为罗马作家和诗人。

个孩子。这件越轨行为逼得他跑到伦敦去自谋生计。他似乎有点儿爱好戏剧，于是他就在戏院门口给人牵马。很快，他就在戏院里谋得了一份工作，成了一个很走红的戏子，而生活在伦敦这个世界中心里，什么人他都见得到，什么人他都能认识，他在舞台上操练他的技艺，在街头训练他的才智，甚至得以出入女王的宫廷。与此同时，让我们设想一下他那禀赋超群的妹妹吧，她一定留在家里。她和他一样富于冒险精神，和他一样充满想象力，也和他一样渴望着看看外边的世界。可是父母不让她上学。她没有机会学文法和逻辑，更不用说读贺拉斯和维吉尔了。她不时拿起一本书来，或许是她哥哥的，读上几页。可是接着她的父母亲就进来了，要她去补袜子或者照看炉子上的炖肉，不要用书啊纸啊来瞎混时光。他们说话的语气一定是既严厉又和蔼的，因为他们是家道殷实的人，知道女人的生活状况应该怎样，而且他们也爱自己的女儿——确实，她可以说是她父亲的心肝宝贝呢。也许她曾经在存放苹果的阁楼里偷偷涂抹过几页诗文，不过她一定小心翼翼地藏起来或者烧掉了。可是不久，在她还不到二十岁的时候，就被许配给了一个相邻的羊毛商的儿子。她哭闹着说她讨厌结婚，为这个她被父亲狠狠打了一顿。接着他又不再责骂她了。他反过来哀求她不要伤他的心，不要在她婚姻的事上让他丢脸。他说，他会给她一串珠子或者一条漂亮的衬裙；他说话的时候眼中还含着泪花。她怎么忍心违逆他呢？她怎么能伤他的心呢？可是她那天赋的力量驱使她真的这样做了。她把自己的衣物捆成一个小包袱，在一个夏天的夜晚，用绳子由楼上缒下来，直奔伦敦而去。她还不到十七岁。在树篱里歌唱的小鸟未必比她唱得更动听。她对于语言的音律具有最敏捷的想象力，这禀赋和她的哥哥是一样的。她也和他一样，对戏剧很有兴趣。她来到戏院门前；她说她想演戏。男人们当面嘲笑她。那位戏院经理——一个肥胖的、油嘴滑舌的家伙——哈哈大笑起来。他大声嚷嚷，说了些什么鬈毛狗跳舞和女人演戏之类的话。他说，女人绝不可能做演员。他暗示道——你们能够想象到他暗示些什么。她在技艺上得不到任何训练。她难道能在酒馆里吃饭或者半夜在街头游荡吗？然而，她的天才倾向于虚构文学，而且渴望着尽情吸取男男女女的生活中的素材，研究他们的生活习惯。最后——因为她非常年轻，面容又十分像她的哥哥诗人莎士比亚，长着同样的灰色眼睛和圆润的眉毛——尼克·格林，演员经纪人，终于对她产生了同情；她发现自己怀上那位先生的孩子了，因此——谁能衡量出一颗诗人的心，当它被囚禁在一个女人身体里而错综纠结的时候，会变得怎样的激烈和狂暴？——她在一个冬夜里自杀了，被埋在一个十字路口，就是而今"大象与城堡"酒店外面公共汽车靠站的地方。

我想，假如莎士比亚时代的一个女人具有莎士比亚那样的天才，故事或多或少就会像这样发展下去。不过若就我个人而言，我倒是很同意那位死去的主教——倘若他真是主教——也就是说，莎士比亚时代的任何女人具有莎士比亚的天才，那简直不可想象。因为像莎士比亚那样的天才不会产生于辛苦劳作的、没有受过教育的奴仆阶级。他不会产生于不列颠人和撒克逊人的英国。他今天也不会产生在工人阶级中。那么，他又怎么会产生在那些女人当中呢？根据特里威廉教授所说，她们几乎在尚未走出育婴室就开始劳动，被父母强迫干活，被法律和习俗的全部力量牢牢拴在工作之上。然而，在妇女当中肯定存在过这一类的天才，正像在工人阶级当中也肯定存在过一样。不时地会有一个艾米莉·勃朗特[1]或者一个罗伯特·彭斯[2]展露光芒，证明这种天才确实存在。不过他却从来不曾被写进书里。可是，当我们在书中读到有一个女巫被人按进水里淹死，一个女人被魔鬼附了体，或是一个聪明的女人在卖草药，甚至于一位声名卓著的人有个母亲，这时我就不免想到，我们正在追踪着一个遭到埋没的小说家，一个郁郁不得志的诗人，一个缄默无声、湮没无闻的简·奥斯丁，或是一个艾米莉·勃朗特，在荒野上碰石而死，或者备受她天才的折磨以致疯狂，神情怪异地在大路上徘徊。说老实话，我愿意冒险猜测那个写了那么多诗篇而不署名的无名氏通常是一个女人。我想，爱德华·菲兹杰拉德[3]曾经说过，正是女人创作了那些谣曲和民歌，低声哼唱着为她的孩子们催眠，在纺线时唱来抚慰寂寞，或者用以消磨那漫长的冬夜。

这可能是真的，也可能是假的——谁能说得清？不过回头再看看我所编造的莎士比亚妹妹的故事，有一点倒是真实的，至少我觉得是真实的，那就是在16世纪任何一个具有伟大天赋的女人，肯定会发疯、自杀，或者在村落外一所孤零零的小屋里终老一生，半像巫婆，半像魔女，被人害怕，遭人讥笑。因为用不着掌握什么心理学的技能就可以断定，一个天赋很高的女孩子倘若试图把她的禀赋运用于写诗，一定会饱受阻碍挫折，并被她自己内心相互矛盾的本能折磨和撕裂，从而确切无疑地将丧失她身体的健康和神智的健全。绝没有一个女孩子能走到伦敦去，站到戏院

---

[1]　19世纪英国女作家，《呼啸山庄》的作者。

[2]　18世纪苏格兰诗人。

[3]　19世纪英国诗人、翻译家。

门前，想方设法来到演员经纪人的面前，而又能够免使自己遭受强暴和承受痛苦；这种顾虑也许并不合理——因为贞操或许只是某些社会制度为了不知什么理由而发明出来的一种物神崇拜——然而它又是不可避免的。贞操，在那个时候，甚至现在，在一个女人的一生中具有一种宗教式的重要意义，而且它被神经和本能这样紧紧地包裹住，想要把它切割开来并暴露于光天化日之下，真需要有非凡绝伦的勇气。要在16世纪的伦敦过一种自由的生活，对于一个做诗人或者戏剧家的女人来说意味着一种精神重压和艰难处境，这很可能致她于死。就算她能死里逃生，不论她写出什么作品来，因为它们产生于一种紧张的、病态的想象力，都会是扭曲和畸形的。而且，我一面望着那个没有一本女人所写的剧本的书架，一面想，她的作品毫无疑问是没有署名的。她肯定要寻找这种掩饰方法。正是贞操观念的遗毒命令女人写作要隐名匿姓，甚至晚到19世纪也还是如此。柯勒·贝尔[1]、乔治·艾略特[2]、乔治·桑[3]，全是自己内心冲突的牺牲品，这可以由她们的作品来证明，她们都试图用男人的名字来遮盖住自己，却并不奏效。她们这样做算是对习俗表示了敬意，而习俗即使不是男性培植出来的，也是他们大力助长起来的（伯里克利斯[4]就说过，一个女人的最高荣誉就是不被人谈论，而他自己却是一个受人谈论极多的男人），他们认为女人出名是可憎恶的。她们的血液里流淌着匿名的意念。隐没自己的愿望仍然在控制着她们。

---

[1] 19世纪英国女作家夏洛蒂·勃朗特使用的男性化笔名。

[2] 19世纪英国女作家玛丽安·伊文斯使用的男性化笔名。

[3] 19世纪法国女作家露西·奥朱尔·杜邦使用的男性化笔名。

[4] 公元前5世纪雅典政治家。

＊　＊　＊　＊　＊　＊

　　我在这篇文章中曾告诉你们，莎士比亚有一个妹妹；可是不要到西德尼·李爵士[1]写的莎士比亚传记里去找她。她在年轻时候就死了，唉，她没有写过一个字。她被埋葬在现在停公共汽车的地方，正对着"大象与城堡"酒店。现在我深信一点：这个从来没有写过一个字并被埋在十字路口的诗人还活着。她活在你们身上，活在我身上，还活在今晚不在场的许许多多别的女人身上，她们因为要洗盘子和送孩子们脱衣上床而不能来。但是她还活着；因为大诗人是不会死的；她们一直活下去；她们所需要的只是能有一个机会，可以有血有肉地来到我们中间。我想，这个机会现在你们就有力量给她。因为我深信，假如我们再活上一百年左右——我说的是我们共同的生命、亦即真实的生命，而不是我们作为个人所经历的渺小的个别的生命——每人每年有五百镑，有我们自己的房间；假如我们有自由的习惯，有勇气真正写出我们的所思所想；假如我们稍稍从公共起居室逃出来，去观察人类，不要总看人与人之间的关系，也要看人与现实的关系；还要看天空、看树木，或是看任何东西的本身；假如我们看过弥尔顿[2]的鬼怪，因为每个人都不应该对此视而不见；假如我们敢于面对这个事实，因为它是一个事实，即没有人伸手来救援我们，

---

　　[1]　西德尼·李（Sidney Lee, 1859—1926），莎士比亚研究专家，著有《莎士比亚传》（1898）。
　　[2]　弥尔顿（John Milton, 1608—1674），英国诗人，著有长诗《失乐园》、诗剧《力士参孙》等，人们常常认为他对女性持有"男性沙文主义"的态度。

我们只能独自前进，我们是和这个现实世界之间有关系，而不仅仅是对男人们和女人们的世界有关系；那么，那个机会就会到来了，那个死去了的诗人，莎士比亚的妹妹，就会重新活在她已经弃置很久了的肉体里。她将像她的哥哥那样，从她那默默无闻的先驱者的生命里吸取活力，她又会重新诞生。至于说她的到来是否能够不需要那种准备、不需要我们的那种努力、不需要确证当她复活之后就能够活下去并且写她的诗，这可是我们不敢期望的，因为那是绝对不可能的。不过我坚持认为，只要我们为她努力，她就一定会到来，所以努力吧，哪怕是在贫困和微贱中努力，也是值得的。

# 男权社会的局外人[1]

　　捐赠一个基尼的请求已经答复了，支票也已签了字，只有您的一个进一步的请求还要再作考虑——那就是我们应该填一张表，成为你们那个团体的成员。从表面上看，这似乎只是一个简单的请求，要同意它很容易。因为加入自己刚刚捐赠了一个基尼的团体，还有什么事比这更简单呢？从表面上看，是多么容易，多么简单；不过从深处看，又多么困难，多么复杂……这些省略号的小点到底代表着哪些可能存在的怀疑、哪些可能存在的犹豫呢？我们既赞同一个团体的目标，并向它的基金做了捐赠，又是什么样的理智或者什么样感情会让我们犹豫不定，不知是否该成为它的成员呢？也许既不是理智，也不是感情，而是某种比两者都更深刻、更根本的东西吧。也许是因为差异。我们是有差异的，正如事实所业已证明的那样，既有性别的差异，也有受教育程度上的差异。我们已经说过，正是因为这种差异，我们才能够提供帮

　　――――――――――――――――――

　　[1]　本文选自伍尔芙关于女权的著作《三个基尼金币》第三章，标题为译者所加。该书是伍尔芙对三项捐赠要求的答复，它们分别来自三个不同的团体：一个是某妇女学院的建设基金会，一个是"帮助有教养的男人的女儿获得专门职业"的社团，一个则声称其宗旨在于制止战争并"保卫文化和思想自由"。伍尔芙应要求给它们各捐赠了一个基尼的金币，并在该书中对它们的来信作了答复，本文选自对第三个团体的答复。

助——假如我们真能提供帮助的话——去保卫自由和制止战争。可是，假如我们填写了这张表格，这意味着我们许诺自己将成为你们团体的积极成员，那么，我们似乎必定丧失掉那种差异，由此也必将牺牲掉我们所能提供的帮助。要解释清楚为什么会这样绝非易事，即使那一基尼的赠礼使得我们可以放胆直言而毫无顾忌和阿谀奉承（我们姑且如此夸口）。那就让那张表格放在桌子上空着不填吧，而我们则尽可能地仔细讨论一下使我们感到迟疑的那些理智和感情。因为那些理智和感情发源于我们祖先记忆的黑暗深处；它们已经有些混乱地纠缠在一起了；所以要想在亮光之下把它们理清是非常困难的。

　　首先从最基本的区别谈起吧：一个团体是为了某个目标聚在一起的人群的集合体；而你，以你自己的身份、用你自己的笔写作的人，则是个体。你作为个人，是一个我们有理由尊重的男人，是一个同我们有着兄弟情谊的男人，正如传记里所证明的，许多兄弟都属于这种情谊。安妮·克拉夫[1]这样描述她的哥哥："亚瑟是我最好的朋友和顾问……亚瑟是我生命的安慰和欢乐；因为他，也是从他那里，我才获得了激励去寻求所有美好的和为人称誉的东西。"[2]华兹华斯[3]谈到他妹妹[4]，就像在往昔的森林里一只夜莺回应另一只一样，他写道：

　　　　当我还是个男孩子的时候，

---

　　[1]　19世纪英国诗人、教育家亚瑟·克拉夫的妹妹。
　　[2]　引自安妮·克拉夫的《回忆录》。
　　[3]　19世纪英国浪漫派诗人。
　　[4]　即多萝西·华兹华斯。

我未来的祝福已与我随行：

她给了我眼睛，她给了我耳朵；

还有谦逊的关切，细微的操心；

一颗心，那是甜蜜的泪之泉；

以及爱、思想，和欢欣。[1]


这就是，也许仍然是，作为个体的许多兄弟和姐妹之间的私人关系。他们彼此尊重、互相帮助，并有着共同的目标。如果这能够成为他们私人之间的关系，正如传记和诗歌所证明了的，为什么他们的社会关系像法律和历史所证明的那样，却与此迥异呢？在这一点上，既然您是个律师，具有律师的记忆力，也就没有必要提醒您去回想一下英国法律从最早的记录开始到1919年为止的某些条文，借以证明兄弟和姐妹之间的社会的、团体的关系是与他们之间的私人关系判然有别了。正是"团体"这个字眼，在记忆里敲响了音调刺耳的阴郁的丧钟：不可以，不可以，不可以。你们不可以学习；你们不可以赚钱；你们不可以拥有；你们不可以——这就是许多世纪以来兄弟们对姐妹们的团体关系。尽管可以乐观地相信，只要时候一到，一个崭新的社会就会奏响辉煌而和谐的钟琴，而且您的来信也预言了这一点，然而那一天还是极其渺茫的。我们不可避免地要问自己，在人们聚合而形成团体的时候，是不是有某种东西使个体的人释放出了最自私和最残暴、最缺乏理性和人性的因素呢？我们不可避免地会把这种团体——它对你们如此仁慈，对我们却如此粗暴——视为极不合适的歪曲真理的

---

[1] 引自华兹华斯的《麻雀之巢》。

组织形式；它扭曲了心灵；它束缚了意志。我们不可避免地会将这些团体视为阴谋，它们使我们许多女人本来有理由予以尊重的兄弟堕落，使他变成恶性膨胀的雄性恶魔，嗓门很高，拳头很硬，孩子气地故意用粉笔在地上画线，在那神秘的界限内，人类被僵硬地、孤立地、人为地囚禁着；在那儿，他被涂抹上红色和金色，用羽毛装扮得像一个野蛮人，经历种种神秘的仪式并享受着权力和统治带来的暧昧不清的欢乐，而另一方面，我们，"他的"女人们，却被锁在私人的房子里，不能参与到组成他的社会的那许多团体中去。这样的理由事实上是由许许多多的记忆和感情紧密构成的——谁又会去分析一个拥有如此深厚的过去岁月积淀的心灵呢？所以对我们来说，要填上你们的表格并加入你们的团体，在理性上是错误的，在感情上也是不可能的了。因为假如这样做了的话，我们就会把我们的特性消融到你们的特性之中；就会因循、重复那古老陈旧的常规惯例，并把它的沟槽刻得更深，社会现在就陷在这样的沟槽里，就像唱针被卡住了的一架留声机，正吱吱嘎嘎地发出难以忍受的单调的声音："有三亿元花费在了军备上。"对于一种我们自己关于"团体"的经验应已帮助我们去设想过了的意见，我们不应该加以实行。因此，先生，一方面我们把您当作私人来尊重，并以给您一个基尼任您花费来证明这一点，但另一方面我们又相信拒绝加入你们的团体正是帮助你们的最有效的方法；即为我们共同的目标而奋斗——为所有男人和女人的正义、平等和自由——在你们的团体之外，而不是在它之中。

　　不过，您会说这如果意味着什么的话，那就只能意味着你们，有教养的男人的女儿，既已许诺要给我们确实的帮助，但又拒绝加入我们的团体，其目的在于你们可以建立另一个属于自己的团体。那你们到底打算建立一个什么样的团体，它既在我们的团体之外，又和它合作，可以一起为我们的共同目的工作呢？您完全有权利提出这个问题，而且我们也必须努力来回答，以证明我们拒绝在您送来的表格上签名是有道理的。那就让我们快速地给这一类团体勾画出一个轮廓吧，这是有教养的男人的女儿找到并参加的一个团体，它在你们的团体之外，而又同它合作以实现它的目标。首先，您将宽慰地了解到，这个新型的团体没有名誉司库，因为它根本不需要基金。它根本没有办公室，没有委员会，没有秘书；它不召开任何会议；它也不举行会员大会。如果必须有个名字的话，它可以叫作"局外人协会"。这虽然不是一个响亮的名字，但好处在于它符合事实——历史的、法律的、传记的事实；也许它甚至符合我们仍然未知的心理方面的隐秘事实。它将由那些在她们自己的阶层中工作的、有教养的男人的女儿们组成——事实上她们怎么能在其他任何阶层里工作呢？而且她们以自己的方法为自由、平等和和平工作着。她们须承担的义务并不借助誓言来约束，因为誓言和仪式在这个首先必须是匿名的和具有弹性的团体里是没有地位的，而她们的第一项义务便是不用武器来战斗。她们要遵守这项义务倒是很容易的，因为在事实上，正像报纸告诉我们的那样，"军事委员会绝对无意于公开征召任何妇女军团"。国家保证了这一点。其次，她们将拒绝在战争中制造军需品和护理伤员。既然在上次战争中这两项任务主要是由做工的男人的女儿们履行的，这对她们的压力也会减轻，尽管可能有些令人不快。然而另一方面，她们保证要承担的下一项义务却是相当困难的，不仅需要有勇气和主动性，而且需要具有有教养的男人的女儿们的专门知识。简单地说，那就是不要煽动她们的兄弟去打仗，也不要劝说他们，而是保持一种彻底冷漠的态度。不过，"冷漠"一词所表达的态度是如此复杂和这般重要，所以在这里需要进一步明确解释。冷漠首先必须具有建立于事实之上的坚实基础。鉴于事实上她不能理解是怎样的本能在迫使着他，战斗给了他怎样的荣誉、怎样的兴趣、怎样的男性满足感——"没有战争，由战斗培养起来的男性气质也就没有了发泄渠道"——鉴于战斗因此而成了她无法共同拥有的性特征，即他也无法共同拥有的所谓母性本能的对等物，所以，那也就是她无法评判的一种本能了。因此，局外人就应该让他自己随意去处理他的这种本能，因为见解的自由是应该得到尊重的，特别是当它建立在一种她很陌生的本能之上，这种陌生感是许多世纪的传统和教育所造成的。这是一种基本的、本能的区别，冷漠大概就植根于此。不过，局外人认为自己的义务不仅仅是将冷漠植根于本能上，而且要植根于理智。他说，正像历史证明了他曾经说过，而且还可能再说——"我打仗是为了保卫我们的祖国"，并借此试图激起她的爱国热情，这时候她就会问自己："对于我这个局外人而言，'我们的祖国'是什么意思？"为了确定这一点，她会从她自己的情况出发去分析爱国主义的含义。她会让自己了解到她那个性别和她那个阶级过去处于什么地位。她会让自己了解到她那个性别和她那个阶级现在又拥有多少土地、财富和资产——也就是说事实上"英格兰"有多少是属于她的。通过同样的来源，她会让自己了解到法律在过去和现在给了她怎样的合法保护。假如他还要补充说他是在为保护她的躯体而战斗的话，她便会考虑当空白的墙上写着"空袭预备警报"的时候，她眼下正享受着什么程度的肉体保护。假如他说他是为了保卫英格兰免受外国统治而战斗的话，她就会想到对她来说根本就没有什么"外国人"，因为倘若她嫁了一个外国人，根据法律她就会变成外国人。她将尽量承认这个事实，不是基于被迫接受的世界亲善，而是基于人类的相互同情。所有这些事实会使她的理智确信（把它放进了一个坚壳），她那个性别和阶级过去很少有什么要感谢英格兰的；现在也没有多少要感谢英格兰的；而且将来她本人的安全也非常缺乏保证。不过，她也许曾经吸收了——甚至是从家庭女教师那儿——某些罗曼蒂克的观念，认为英国人，那些她在历史画里看到的浩荡行军的父辈和祖父辈的英国人，要比别的国家的男人更"优越"。她将把重新审查这种观念视为自己的责任，拿英国的历史家跟法国的相比较；拿法国的历史家跟德国的相比较；拿被统治者——譬如说印度人或爱尔兰人——的证言跟他们的统治者所宣称的相比较。也许，某种"爱国"热情、某种认为自己的国家在智力方面优越于别的国家的根深蒂固的信念还残留着。那么，她会拿法国绘画跟英国绘画相比较；拿德国音乐跟英国音乐相比较；拿希腊文学跟英国文学相比较，因为翻译作品是很丰富的。当运用理智忠实地进行过所有这些比较以后，局外人便会发现自己有非常充足的理由保持她的冷漠。她会发现自己根本没有理由请她的兄弟代表她去为保卫"我们的"国家而战斗。"'我们的国家'，"她会说，"在它的历史上大部分时间里都把我当成奴隶来对待；它不让我受教育或分享它的财产。甚至，假如我嫁给了外国人，'我们的'国家便不再属于我。'我们的'国家不让我有保护自己的手段，还强迫我年年付给别人很大的一笔钱，让他们来保护我，然而即使这样，它也没有什么能力来保护我，只好把'空袭预备警报'写在墙上。因此，如果你们坚持要为保护我、保卫'我们的'国家而打仗，那么让我们把有一个问题冷静地、理智地弄清楚，即你们打仗是为了满足一种我无法共同拥有的性本能；是为了获得我未曾共享过、大概将来也不会共享的种种利益；而不是为了满足我的本能，或者为了保护我自己、我的国家。"局外人还会说，"因为在事实上，作为一个女人，我根本没有国家。作为一个女人，我也根本不需要国家。作为一个女人，我的国家就是全世界。"如果在理智讲完之后，心中仍然留有某种执着不渝的感情、某种对英格兰的爱，那是被榆树上白嘴鸦的呱呱鸣叫声、海滩上浪涛的泼溅声、用英语轻轻哼出的童谣声悄悄滴进孩子耳朵里的，那么，这一滴纯洁的、即使是非理性的感情，她将首先用于自己，从而给英格兰首先奉献出她对全世界和平与自由的渴望。

这就是她的"冷漠"的性质所在，而且从这种冷漠出发，必将导致某种行动。她会约束自己绝不参加任何爱国游行；绝不赞成任何形式的对本民族的自吹自擂；绝不充当任何鼓吹战争的啦啦队或观众席的成员；退出军事展览、比武、表演、颁奖以及任何鼓动将"我们的"文明或"我们的"统治强加于别人的仪式典礼。进而言之，私人生活的心理经验让我们相信，有教养男人的女儿们这样运用冷漠态度会大大有助于制止战争。因为心理学仿佛揭示过，当某人采取某种行动的时候，其他人保持冷漠而任其享有完全的行动自由，远比他的行动被大家视为感情激动的中心更能使他难以继续行动。小男孩在窗户外边神气活现地吹喇叭；央求他停止，他会继续；什么也不说，他却停了下来。有教养男人的女儿们应该既不给她们的兄弟们懦夫的白羽毛，也不给他们勇敢的红羽毛，而是压根儿什么羽毛都不给；在讨论战争的时候，她们应该闭上动人心魄的明亮眼睛，或者让眼睛望着别处——这就是局外人的职责，她们将赶在死亡的威胁不可避免地使理性变得软弱无力之前，在和平时期为此而训练自己。

…………

要对局外人团体的成员所担负的职责做出更多更准确的界定，那并不难，但没有什么益处。灵活性是至关重要的；而保持一定程度的秘密，正像后面将要表明的，在目前尤为重要。不过，这番散漫的和不完全的描述已经足以向您，先生，展示局外人的团体跟你们的团体具有相同的目标——自由、平等、和平；只不过它力求达到这些目标的手段，是由不同的性别、不同的传统、不同的教育以及这些区别所导致的不同价值观所决定，而我们又力所能及而已。广义地说，在我们的局外团体和你们的局内团体之间的主要区别应该是：你们将利用你们的社会地位所提供的手段——组织联盟啦，举行会议啦，开展运动啦，使用伟大名义啦，以及你们的财富和政治影响使你们力所能及的所有这类公众手段；而我们，留在局外，便试验不在公众场合采用公众手段，而是在私下里运用私人的手段。这些试验将不仅仅是批判性的，而是具有创造性的。试举两个明显的例证吧：局外人不需要浮华场面，这并非出于任何清教主义的对于美的厌恶。恰好相反，提高个人生活中的美正是她们的目标之一：春天、夏天、秋天的美；花朵、丝绸、服装的美；不仅满溢在每一块田园和树林里的美，也满载在牛津大街的每一辆手推车里的美；还有散乱在各处的美，只需艺术家加以糅合以使所有人都能看见它们。不过她们不需要那些被指令的、严密组织的、公务性的浮华场面，其中只有一种性别积极参与——譬如说，那些有赖于国王去世或者加冕来激发热情的种种典礼仪式。此外，她们也不需要个人荣誉——什么勋章啦，绥带啦，徽章啦，学位帽啦，礼服长袍啦——不是出于任何对个人装饰的厌恶，而是因为这类荣誉明显地起着压抑、僵化和毁灭人性的作用。在这一点上，就有法西斯国家的现成例子来警示我们——假如我们没有范例说明自己希望成为什么，或许同样有价值的是，我们有一个时时存在的、富于启发性的事例来说明我们不希望成为什么。有了这样的实例来证明奖章、勋记、官阶，似乎甚至包括授勋的墨水瓶[1]对人类心灵的催眠力量，我们的目标便应该是绝不让自己屈服于这样的催眠术。我们必须熄灭掉广告和宣传的那粗俗的眩目亮光，不仅因为聚光灯容易被不合格的手所掌握，还因为这样的光亮对被照射的人会产生某种心理影响。下一次你在乡村大道上驾车的时候，不妨想一想被汽车前灯那炫目亮光罩住了的野兔的姿态吧——它那昏花的眼睛，它那僵硬的爪子。难道我们不走出自己的国家，就没有充足的理由认为在英格兰也跟在德国一样，人们所摆出的那种种"态度"、那种种虚假而不真实的姿态，正应该归因于这种聚光灯吗？它麻痹了人类机能而使之不能自由行动，它抑制了人类改变和创造新的统一体的力量，正如强烈的汽车前灯光弄呆了那只从黑暗里跑进它的光束里来的小动物一样。这只是一种猜测；猜测总是危险的；然而，我们仍有某种理由引导我们去猜测：舒适和自由，那变化之力和生长之力，只有朦胧状态才能保存；假如我们希望帮助人类的心灵去创造，并防止它反复陷进同样的老套路之中，我们就必须尽力把它包裹在黑暗里。

---

[1] 纳粹时期的德国，"杰出"的科学家和知识分子被授勋后获得银质饰物，通常摆放在他们的书桌上。

# 妇女的职业[1]

当你们的秘书邀请我到这里来的时候，她告诉我说你们的团体关心妇女的就业问题，并建议我可以告诉你们一些有关我自己的职业经验的事情。的确，我是一个女人；的确，我也有职业：可是我有什么职业经验呢？这倒是很难说的。我所从事的职业是文学；在那一行中，能让女人获得的经验比其他任何职业都更少，除了戏剧是例外——我的意思是说，特别针对女人的经验更少。因为这条道路在很多年前就开辟出来了——开辟者有范妮·伯尔尼[2]、阿弗拉·贝恩[3]、哈里特·马蒂诺[4]、简·奥斯丁[5]、乔治·艾略特[6]等许多著名的女人，更有许多不知名的和被忘却的女人，曾在我之前把这条路修得平平顺顺，并且调整着我的步伐。因此，当我着手写作的时候，便只有极少的物质障碍来阻挡我的道路。写作是一项可敬而无害的职业。家庭安宁不会被一支笔在纸上的擦刮声打破，也绝不会向家庭钱袋提出什么需求。付十六个便

[1] 本文原为伍尔芙向妇女服务联合会作的一次演讲。
[2] 19世纪英国女作家。
[3] 19世纪英国女作家。
[4] 19世纪英国女作家、经济学家。
[5] 18世纪英国女作家，著有《傲慢与偏见》《爱玛》等。
[6] 19世纪英国女作家，著有《弗洛斯河上的磨坊》《密德尔马契》等。

士，就可以买来足够写出莎士比亚全部剧本的纸张——假如一个人真有此意的话。钢琴和模特儿，巴黎、维也纳和柏林，男的和女的名家大师，一个写作者全都不需要。写字的纸张价格便宜，当然就是为什么女人在其他职业里取得成功以前，先能作为作家而成功的原因了。

不过我要给你们讲讲我的故事——那只是一个简单的故事罢了。你们只需在心中想象出一个在卧室里手拿一支笔的姑娘就成。她也只需把那支笔从左向右移动——从10点钟到1点钟。然后，她想起去做一件说到底是够简单和够便宜的事情——把那些稿纸中的几张塞进一个信封里，在信封角上贴张一便士的邮票，然后把信封扔进街角上的那个红色邮箱里。就这样我变成了一个报纸撰稿人；我的努力在下个月的头一天就得到了回报——对我来说那真是个极其愉快的日子——收到了一封由编辑寄来的、装有一张一镑十先令六便士支票的信。不过为了向你们表明我是多么不配被称为一个职业女性，我对于这种职业生涯的奋斗和困苦是多么无知，我不得不承认我并没有把那笔钱用来买面包和黄油、交房租、买鞋袜或者付肉店的账单，而是出门去买了一只猫——一只美丽的猫，一只波斯猫，而它很快就把我牵扯进了同邻居们的痛苦争端之中。

还有什么事比写文章并用它的收益去买波斯猫更容易呢？不过请稍候片刻再下结论。文章总得是有关某件事物的。我的文章，我好像还记得，是关于一位有名的男人所写的一部小说的。正写着这篇评论的时候，我发现假如我打算评论书籍，就必须同某个幽灵进行战斗。这个幽灵还是一个女人，当我对她渐渐熟悉起来以后，我就仿照一首著名的诗《家庭天使》[1]的女主人公来称呼她。正是她，每当我正写着评论时总是挡在我和我稿纸之间。正是她，跑来搅扰我，浪费我的时间，折磨我到如此程度，致使我终于杀死了她。你们当中属于较为年轻而幸福的一代人大概从未听说过她——你们也可能不明白我提到《家庭天使》的用意何在。我将尽可能简短地描述一下她。她具有强烈的同情心。她具有巨大的魅力。她是彻底的无私。在操持家庭生活的那种困难的艺术上她简直无与伦比。她每一天都在牺牲自己。如果餐桌上有一只鸡，她就拿脚；如果吹着穿堂风，她就坐在风里——总而言之，她生来就是这样造就的，绝没有属于她自己的什么意见或者愿望，而总是宁愿赞同别人的意见和愿望。最要紧的是——我其实用不着说出来——她很纯洁。她的纯洁被视为她首要的美——她那羞涩的红晕，她那极优雅的风度。在那些日子里——维多利亚女王时代的末期——每一幢房子都有它的天使。当我开始写作的时候，我在最初几个字眼里就碰见了她。她的翅膀的影子落在我的纸上；我听见她的裙子在房间里沙沙作响。这也就是说，一当我把笔拿在手里，要评论那部由一个有名的男人写的小说时，她就悄悄走到我背后，轻声耳语道："亲爱的，你是个年轻女人，你正在评论一个男人写的书。要有同情心；要温柔；谄媚也行；哄骗也行；用上我们女性所具有的全部技艺和诡计。绝不要让任何人猜出你有属于自己的头脑。尤其重要的是，要纯洁。"她仿佛是要操纵我的笔。现在我要记载下一桩我可以居功自豪的行

[1] 《家庭天使》是英国维多利亚女王时代一首描写理想化的家庭生活的流行诗歌，作者为科文特里·帕特莫尔（Coventry Patmore，1823—1896）。

为，尽管这项功绩按理说应该属于我的某些杰出的祖先，是他们给我留下了一定数量的金钱——我们是否可以说是每年五百镑？这样，我也就用不着为了生计而单单依靠我的女性魅力了。我转身朝她扑去，扼住了她的喉咙。我竭尽全力去杀死她。要是我被押上法庭，我的辩护理由就是我在实施自我防卫。我要是不杀死她，她就会杀了我。她会把我写作的那颗心给活活挖出来。因为正如我所发现的，一当我把笔触到纸上，要是没有自己的思想，没有表现你认为应当是人类关系、道德及性的真谛那些东西，就简直无法去评论哪怕一部小说。而所有这些问题，根据那位"家庭天使"的看法，是不能由女人自由和公开地进行论述的；她们必须施展魅力，她们必须讨人欢心，她们必须——直言不讳地说吧——撒谎，假如她们想要成功的话。因此，不管任何时候，只要我感到她翅膀的阴影或者她那道光环的光辉投到了我的稿纸上，我就会拿起墨水瓶对着她投掷过去。她可不会轻易就死掉。她那虚幻的性质对她很有帮助。杀死一个幽灵远比杀死一个真实存在的人困难。就在我自以为已经处决了她之后，她又总是偷偷摸摸溜了回来。虽然我踌躇满志地认为自己最终杀死了她，但是这场斗争却是非常激烈的；它耗费了大量的时间，而这些时间本来最好还是花在学习希腊语语法上，或者用来漫游世界寻求冒险。不过这是一种真实的体验；这是一种必定会降临在那个时代所有女性作家身上的体验。杀死这位"家庭天使"，是一个女作家工作的一部分。

不过还是接着讲我的故事吧。那位天使倒是死了；继续存在的是什么呢？你们也许会说，继续存在的是一个简单而平常的事物——一间卧室里的一个拿着墨水瓶的年轻女人。换句话说，既然她已经让自己摆脱了虚假，那个年轻女人就只能是她自己。啊，可是"她自己"是什么呢？我的意思是说，一个女人到底是什么？我向你们保证，我并不知道。我不相信你们会知道。我也不相信任何人能够知道，除非她在所有要运用人类才能的技艺和职业中表现了她自己。这确实是我为什么到这儿来的理由之一——出于对你们的尊敬，因为你们正在通过你们的实验向我们显示女人是什么，你们正在以自己的失败和成功向我们提供这一极为重要的信息。

现在继续讲关于我的职业经验的故事吧。我用自己的第一篇评论挣了一镑十先令六便士；然后我用这笔收入买了一只波斯猫。接着我就变得野心勃勃起来。一只波斯猫当然很好，我说；可是一只波斯猫还不够。我得有一辆汽车。就这样我成了一位小说家——因为这真是一件非常奇妙的事情：要是你给人们讲一个故事，人们就会给你一辆汽车。而更加奇妙的是：世界上再没有像讲故事那样令人高兴的事了。它远比写著名小说的评论更愉快。然而，如果我打算遵从你们的秘书的建议，告诉你们我作为一个小说家的职业经验，那么我应该给你们讲一讲我作为小说家所体味到的一种非常奇特的经验。为了理解它，你们首先必须努力去想象一个小说家的心灵状态。如果我说一个小说家的首要意愿是必须做到尽可能的无意识，我希望我并不是在泄漏职业秘密。他必须在其内心诱导出一种对外界变化永远漠然的状态，他要求生活以最大程度的平静和匀整进行下去。在他写作的时候，他需要看到同样的面孔，阅读同样的书籍，做同样的事情，一天又一天，一月又一月，这样就没有任何东西可能破坏他在其中生活着的那种幻觉了——就没有任何东西可能打搅或烦扰那极为害羞和虚幻的精灵——想象，不会妨碍它神秘地四处嗅闻、八方摸索、飞蹿、猛冲和突然有所发现了。我怀疑这种状态无论对男人或女人来说都是相同的。尽管如此，我还是要求你们想象我正在一种恍惚出神的状态中写一部小说。我要求你们心里想象出有一个姑娘坐在那儿，手中拿着一支笔，有许多分钟，实际可能有许多小时，她从未将这支笔浸进墨水瓶里去过。当我想到这个姑娘的时候，浮现在我心中的形象是一个渔夫的形象，她躺在一个很深的湖泊边，把钓竿伸在水面上，正沉浸在梦境中。她正在让她的想象无所阻碍地延伸着，飞掠过潜藏于我们无意识存在深处的那个世界的每一块岩石和每一处裂缝。现在那种体验到来了，这体验我相信在女作家身上远比在男作家身上更常发生。钓线从姑娘的指头缝里飞跑出去。她的想象已经急涌而出。它已经搜寻过水潭、深渊、最硕大的鱼儿沉睡的黑暗处。随后传来了一下撞击声。发生了一次爆炸。出现了泡沫和混乱。想象力猛地撞上了某种坚硬的东西。姑娘从她的梦想中被惊醒了。她实际上正处在一种最剧烈最难受的苦恼状态中。不加修饰地说，她想起了某些事情，某些不宜由女人之口讲述的关于肉体、关于情欲的事情。男人们，她的理智告诉她，对此是会感到震惊的。一旦意识到男人会如何议论一个说出自己在情欲上的真实感受的女人，便把她从她那艺术家的无意识状态中唤醒了。她根本无法再写下去了。那种恍惚出神的状态消失了。她的想象力不能再工作了。我相信这在女作家们中是非常普遍的一种体验——她们被另一种性别的那种极端性的习俗惯例遏制住了。因为尽管男人们明智地允许自己在这些方面享有很大的自由，但是我怀疑他们是否认识到了，或者能够控制住他们在谴责妇女也如此自由时的那种极端严厉的态度。

这就是我本人的两种非常真实的体验。它们是我的职业生涯中的两次冒险。那第一次——杀死"家庭天使"——我认为我已经解决了。她死了。可是那第二次，即说出我自己肉体体验的真实感受，我并不认为我已经解决了。我也怀疑有任何女人业已解决了这个问题。阻挡着她的障碍物依然是无限强大的——然而它们又是很难明确界定的。从表面看，还有什么比写书更容易的吗？从表面看，难道会有什么特别针对女人而不是男人的障碍吗？但从内在方面看，我认为情况就大不相同了；她仍然要和许多鬼魂展开搏斗，仍然有许多偏见需要加以克服。确实，这仍将是一个漫长的时期，我想，在一个女人能坐下来写书而无须杀死一个幽灵、无须撞上一块岩石之前，仍然还处在这个时期之内。如果在文学中情况是这样——它是所有女性职业里最自由的了，那么，在你们现在初次涉足的新职业中，情况又会怎样呢？

这些问题就是我想问你们的，假如我有时间的话。而且说真话，如果我特别强调了自己的这些职业体验，那是因为我相信它们也是——虽然形式会有不同——你们的问题。即使那条道路在名义上是敞开的——没有任何东西会阻止一个女人成为医生、律师或者公务人员——但我相信仍然有许多幽灵和障碍隐隐呈现，拦住她的路。我认为，讨论和界定它们是具有很大的价值和重要性的；因为只有这样，我们才能共同努力，那些困难才能解决。不过除了这个以外，也需要讨论一下我们正在为之奋斗、我们因此正在同那些难以克服的障碍进行着战斗的目的与目标。那些目标不可能是想当然的；它们始终应该受到质疑和检验。整个形势正如我所见到的——在这个大厅里围绕着的女性，正在历史上第一次从事着我不知道有多少种类的不同职业——这是一个饶有兴味和极其重要的现象。你们已经在那幢至今无一例外被男人占据着的房子里赢得了自己的房间，你们有能力支付房租，尽管这并不是不须付出巨大的劳苦和努力的。你们正在挣着自己的每年五百镑钱。但是这种自由才仅仅是个开始；房间是你们自己的了，但它还是个空房间。里面必须摆上家具；房间必须进行装饰；还得与人共享它。你们打算怎样摆放家具、打算怎样装饰它？你们打算与谁共享、基于什么条件？这些，我认为都是极其重要和有趣的问题。在历史上破天荒第一次，你们能够提出这问题了；也是第一次你们能够自己决定答案应当是什么。我很愿意留下来讨论这些问题和答案——不过不是今晚。我的时间已经到了；我必须停止了。

第四部分

人物特写

# 蒙　田[1]


　　蒙田有一次在巴勒丢克看到西西里国王勒内的一幅自画像，便问道："倘若别人也以同样的方式，像他用蜡笔为自己画像一样，用笔来描绘一下自己，为什么就不合法呢？"人们会立即回答说，这不仅合法，而且再容易不过了。别人或许会让我们摸不准，但我们对于自己的相貌特征可真是太熟悉了。那就让我们动手吧。然而，当我们刚一尝试，笔就从我们的手指缝里掉了下来；这乃是一件深奥、神秘和困难至极的事。

　　归根结底，在整个文学领域中，究竟有多少人用笔来描绘自己而获得成功的呢？或许只有蒙田、佩皮斯[2]和卢梭[3]吧。《医生的宗教》[4]一书像一片彩色玻璃，我们透过它可以模模糊糊看到疾驰的星辰和一个奇异而骚乱的灵魂。还有那部著名的传记[5]，就像一面明亮的、擦得光闪闪的镜子，映照出躲在别人肩膀后面偷偷窥视的鲍斯威尔。但是，像这样谈论自己，任自己随心所欲地

---

　　[1]　蒙田（Michel Eyquem de Montaigne，1533—1592），文艺复兴时期法国著名作家，被视为欧洲随笔文体的创始人。

　　[2]　17世纪英国日记作家。

　　[3]　18世纪法国启蒙思想家、作家。

　　[4]　作者为17世纪英国医生和作家布朗。

　　[5]　即18世纪英国传记作家鲍斯威尔写的《约翰逊博士传》。

写，把自己这个混乱的、复杂多变的、并不完美的灵魂的整个面貌、重量、色彩、范围都描绘出来——这种艺术只属于一个人：他就是蒙田。随着一个世纪又一个世纪流逝，在他这幅画像前总是聚集着一大群人，凝神探视着它的底蕴，看到画像中反映出了自己的面貌，而且看得愈久便看出了愈多的东西，简直没法说清自己看到的究竟是什么。层出不穷的新版本证明了它具有永久的魅力。在英国，现在纳瓦尔书社把柯顿的译文重印为精美的五卷本；在法国，路易·柯纳尔公司正在发行一套包括各种版本的种种译文在内的蒙田全集，为了这个新版，阿曼古博士贡献出了终其漫长一生的研究成果。

要讲出关于自己的真情实况，从切近自身处来展现自己，这绝非易事。蒙田写道：

　　我们听说只有两三位古人走过这条道路。此后再也没有人沿路前行了；这是一条坎坷不平的路，比看起来还更崎岖难行，你得追随一种散漫无序、变化不定的步伐，因为灵魂的步伐就是这样；你得穿透灵魂内部那繁复的曲折迂回的幽暗深处；你得选择和把握住它那许许多多微妙而灵敏的意念；这是一种崭新的、不同寻常的工作，它会把我们从尘世中那些普通的、最为人看重的事务上拉开。[1]

首先存在着表达上的困难。我们都会沉溺于被称之为思想的

---

[1]　引自蒙田的《论训练》。

那种奇妙、愉悦的过程之中，可是，一旦需要说出我们所想的东西，即使是向自己对面的某个人谈一谈，我们就会发现自己所能表达的东西是多么少！一道幻影掠过脑海，我们还没来得及把它抓住，它就溜出了窗户外，或者，它会点亮一线倏忽即逝的游移不定的光芒，却又慢慢地暗淡下去，让一切复归于深不可测的黑暗。说话的时候，面容、声音和语调可以弥补我们言辞的不足，能给软弱无力的语言打上性格的印记。然而，笔却是一种呆板的工具；它能说出的东西非常之少；它还有自己的一整套固定习惯和礼仪。它又很傲慢专横：总是把普普通通的人弄成先知，而且人们平常说话时那种磕磕绊绊的语调，到了笔下总是变成了庄严堂皇的进行曲。正因为这个理由，蒙田才会以其压抑不住的轻松活泼在成千上万的死者当中脱颖而出。我们片刻也不会怀疑，他写的书正如他自己这个人。他拒绝训诲；也拒绝说教；他一直说他和别人一样。他的全部努力不过是要把自己写下来，和别人交流，告诉别人真实情况，而这却是"一条坎坷不平的路，比看起来还更崎岖难行"。

因为除了表达自己的困难之外，还存在着忠于真实自我的极大困难。我们的灵魂，或者说是我们的内在生命，绝不会和我们的外在生活保持一致。如果我们有勇气问问她[1]在想什么，她说的总是同其他人说的截然相反。譬如说，其他人很早以来就认定年老体弱的绅士应该待在家里，并以夫妻忠贞的美好图景为榜样来训诫世人。可是与此相反，蒙田的心灵却说，正是到了老年一个人才应该出外旅行，而婚姻（这话说得有理），本来就很少建立

---

[1] 即上文所说的"灵魂"或"内在生命"。

在爱情上，接近人生终点的时候则往往变成形式上的纽带，不如将它扯断算了。再说政治吧，政治家们总是赞美帝国的伟大，鼓吹开化野蛮民族的道德责任。可是蒙田却勃然大怒高喊道，看看在墨西哥的西班牙人吧。"如此多的城市被夷为平地，如此多的民族被斩尽杀绝……世界上最富饶和最美丽的地方，因为珍珠和胡椒的贸易而被弄得来天翻地覆！这是非人性的胜利！"[1]再如，当农民们来告诉他，他们看到有一个人受伤垂危了，但他们丢下他走开了，因为害怕法院会把罪名加到他们头上，蒙田问道：

> 我能对这些人说什么呢？毫无疑问，这种人道行为是会给他们带来麻烦的……再没有什么比法律错误更多，错误更大，而且更容易出错的了。[2]

在这里，灵魂变得焦躁不宁，她痛斥着蒙田所谓的显而易见的两种魔障：习俗和礼法。可是，我们再看看灵魂在那座塔楼的内室里（那座塔楼尽管和主楼分离，却可以俯瞰广阔的领地）对着炉火沉思默想时的情况吧。她那时真是世界上最奇妙的东西，绝无英雄气概，而像风向标一样变化不定："有时羞怯，有时倨傲；有时贞静，有时放纵；有时唠叨，有时沉默；有时勤劳，有时妖气；有时聪慧，有时迟钝；有时忧郁，有时欢欣；有时说谎，有时真诚；有时狡狯，有时愚昧；有时慷慨，有时贪婪，有时又奢侈挥霍。"[3]——总而言之，是那样错综复杂，那样模糊难明，与那

---

[1] 引自蒙田的《论马车》。
[2] 引自蒙田的《论经验》。
[3] 引自蒙田的《论我们行为的变化无常》。

位在公开场合为她履行职务的形体是那样不相吻合，所以，一个人仅仅是要想把自己的灵魂弄明白，大概就须尽毕生之力。这种探索带来的乐趣，完全足以补偿它可能给一个人在世俗前程方面造成的损失而有余。一个人认识了自己，从此便能够获得独立；他绝不会感到无聊乏味，人生只会显得太短促，而他则会彻底沉浸在一种意味隽永而又适度节制的幸福之中。只有他才算是真正活着，其他人不过是世俗礼法的奴隶，让生命在一场梦幻中悄悄地从身边溜走。人一旦顺从习俗，一旦因为别人做什么而照着别人那样做，一种呆滞萎靡就会偷偷潜入灵魂的一切细微的神经和官能。生命将完全变成外在的炫示和内在的空虚；变得阴郁迟钝、麻木不仁和冷漠无情了。

假如我们请这位生活艺术的大师告诉我们他的秘窍是什么，他肯定要忠告我们退隐到自己塔楼的内室里去，在那里翻翻书，追寻着从烟囱里一个接一个飞腾而上的幻想，把经邦济国的事儿留给别人好了。退隐和思考——这一定是他的处方里的两味主药。可是，不，蒙田绝不会明明白白地这样说。这是一位难以捉摸的、半带微笑、半带忧郁的先生，他老是低垂着眼皮，脸上带着做梦似的古怪神情，要想从他嘴里挤出一个明白的答案是不可能的。实际情况是，在乡间生活，与自己的书籍、菜园、花木为伴，其实常常是极其沉闷的。他根本看不出自己种的青豆比别人种的就会好多少。巴黎是他全世界最喜爱的地方——"甚至包括她的那些赘疣和污斑"[1]。至于说读书，任何书他都很少会一口气读到一个钟头以上，而且他的记忆力又那么差，以致他才从这个房

---

[1] 原文为法文。

间走进那个房间，就把刚才心里想的事忘记了。书本知识绝对值不得引以为骄傲，至于科学成就，那又算得了什么？他过去经常和些聪明人混在一起，他父亲对那些人崇拜得五体投地，但是他看出来这些人尽管有他们才华横溢的时刻，有他们才思飞扬的状态，有他们见解深邃的地方，然而最聪明的人也会在愚蠢的边缘摇摇欲坠。看看你自己吧：某个时刻你扬扬得意；接着，一块打碎的玻璃又会使你神经紧张。一切极端都是危险的。最好是保持着中间路线，走老路，不管有多么泥泞。写作的时候要选用通常的字眼；要避免狂放不羁和滔滔不绝——不过，诗歌确实是美妙的；最好的散文乃是最富于诗意的散文。

如此看来，我们都有意过一种平民化的淳朴生活。我们可以享受塔楼里自己的房间，墙壁粉刷一新，书橱宽宽敞敞，不过楼下的园子里有一个男人在挖土，他今天早晨刚刚埋葬了他的父亲，他，还有像他那样的人，才过着真正的生活，说着真正的语言。这番话里的确存在着真理的要素。在餐桌末端那儿谈的事情特别精彩。无知识的人身上的可贵品质或许比有学问的人要多。不过话又说回来，下层民众又是多么令人厌恶！他们是"愚昧、不公和反复无常的渊薮。明智之士的一生竟要取决于愚人的判断，难道这合乎情理吗？"他们心智低下、软弱并缺乏抵抗力。必须有人告诉他们，应该懂得什么知识才对他们有用处。他们也根本做不到面对事实的真相。真理是只有"出身高贵的灵魂"才能认识的。那么，这些出身高贵的灵魂又是些什么人呢？但愿蒙田能给我们以更为确切的教导，以便我们仿效他们。

但是，不行。"我并不教诲，我只是叙述。"[1]归根到底，既然他对于自己的灵魂也无法"完全做到简洁而确切地、毫不含糊混杂地用一句话来说明"[2]，而且事实上它对于自己来说还一天天变得愈来愈晦暗不清了，那么他又怎么能解释别人的灵魂呢？或许应该有一种品质或者说原则吧——那就是自己不要定下什么规则。我们希望仿效的楷模，例如艾蒂安·德·拉·博埃西[3]，都是些最灵活的人。"两个人违心地被硬拴在一起，只是一种苟且，而不是生活。"[4]法则仅仅是些常规罢了，完全不能跟纷繁多变、骚动不宁的人类情感冲动发生联系；习俗惯例不过是为了支撑天性胆小者而设计出来的权宜之计，这些人不敢让自己的心灵自由活动。然而，我们这些过着个人生活，并珍视它为自己最宝贵财富的人，却觉得最值得怀疑的莫过于故作姿态了。一当我们开始发表主张、摆弄姿势、定下规则，我们自己就消亡了。我们就在为别人而不是为我们自己而活着。对于那些为公众服务而牺牲自己的人，我们应当尊敬他们，对他们大加颂扬，并且同情他们不得不让自己遭受这种不可避免的损失；不过要说我们自己，那还是让我们远离名声，远离荣誉，也远离那些要求我们对别人承担义务的一切职责吧。让我们慢慢地烧自己心灵的这口变幻莫测的大锅，照看这引人入迷的混沌状态，烹煮这情感冲动的大杂烩，观看这无穷无尽的奇迹吧——因为灵魂每一秒钟都在产生着奇迹。

---

[1] 引自蒙田的《论改悔》，原文为法文。

[2] 引自蒙田的《论我们行为的变化无常》。

[3] 艾蒂安·德·拉·博埃西（1530—1563），与蒙田同时期的法国散文家。

[4] 引自蒙田的《论三种工作》，原文为法文。

活动与变化是我们生命的精髓；僵化就是死亡；顺从也是死亡；让我们把脑子里想的都说出来，反复地述说自己，自己否定自己，抛出最荒唐的傻话，追随着最怪诞的奇思妙想，毫不顾忌世人在做些什么、想些什么、说些什么。因为除了生命而外什么都无关紧要；当然，秩序也很重要。

如此说来，作为生命之精髓的这种自由，也是必须加以控制的。不过困难的是很难看出我们究竟应该乞灵于什么力量来帮助我们，因为蒙田对于任何一种私见和公法的限制都加以嘲弄，他还从不停息地对人性的可悲、软弱与虚荣投以轻蔑。那么，或许最好是转向宗教，求它来指引我们吧？"或许"是他喜欢使用的词汇之一；"或许"和"我认为"以及所有类似的字眼，可以缓和人类因无知而做出的鲁莽假定。有些意见要是直截了当地说出来会有伤大雅，这类字眼可以帮助我们把它们捂起来以免太刺耳。因为人们并不是什么话都得讲出来；有的事情眼下只稍微暗示暗示倒也是可行的。人们写作是为了极少数能够理解的人。当然，上帝的指引是要千方百计寻求的，但与此同时，对于幽居独处者而言，心里还有另一个监督者，一个看不见的监察员，"一个内在的保护人"，他的谴责比任何别的东西都更叫人畏惧，因为他明了真相；他的赞许声听起来也比任何别的声音更为甜美。他是我们必须服从的法官；正是这位监察员将会帮助我们获得秩序，而秩序正是一个出身良好的灵魂应有的美德。因为"即使在幽居独处时也能保持秩序井然的生活，才是完美的生活"[1]。不过，他将在自己的智慧之光照耀下行动；将借助于某种内在的均衡去获得那

---

[1] 引自蒙田的《论改悔》，原文为法文。

种平衡状态——那是不稳定的和时时变化的，但只要控制得住，就绝不会妨碍灵魂进行探索和试验的自由。假如无所引导，没有范例，过好私人生活无疑会比过好公共生活困难得多。这是一门必须由每个人独自学习的艺术，尽管也许存在着两三个范例，比如古人中的荷马[1]、亚历山大大帝[2]和伊巴米农达[3]，以及近代人中的艾蒂安·德·拉·博埃西，他们的榜样可能对我们有所帮助。但这是一门艺术；它所使用的材料是变化无常、错综复杂和无限神秘的——那就是人性。对于人性我们必须保持密切关系。"……必须生活在活人当中"[4]。我们既不可性格怪僻，也不可过分高雅，那会使我们脱离自己的同伴。有些人能同邻居从容闲聊自己的娱乐、自己的房屋、自己和别人吵架，也能真心诚意地喜欢听木匠和园丁的谈话，那样的人是有福的。与人交流是我们的头等要事；社交和友谊是我们的一大乐事；读书，不是为了求知，也不是为了谋生，而是为了让我们的交流超越自己的时代和家园。世界上有那么多奇迹；翠鸟啊，未发现的土地啊，生着狗头和眼睛长在胸膛上的人啊，还很可能有比我们优越得多的法律和习俗。也许我们只是在这个世界中沉睡着；也许还有另一个世界，只有具备我们现在所欠缺的某种感官的人，才能看清它。

这些话里尽管存在种种矛盾和种种限制，某些意思还是明确的。这些随笔是一种尝试，要向世人披露一个人的心灵。至少在这一点上，作者把意思说得很明白。他想要的不是名声；他也不

---

[1]　古希腊诗人，传说为史诗《伊利亚特》和《奥德赛》的作者。
[2]　公元前4世纪马其顿国王。
[3]　公元前4世纪古希腊政治家和军事家。
[4]　原文为法文。

想要人们在多年以后引用他的文章；他根本不想在市场上树起自己的雕像；他只希望向世人披露自己的心灵。披露是健康的；披露是揭示真理；披露也就是幸福。和别人分享是我们的责任；大胆地放下架子并暴露那些深藏的最为病态的思想；不要有丝毫的遮饰；不要有丝毫的假装；假如我们无知，就说自己无知；假如我们爱自己的朋友，就让他们知道这一点。

……因为凭我久经世事的经验，我明白了：失去朋友的时候，除了知识，没有任何东西给予我们如此深切的慰藉，因为只有在同知识的相与中，我才仿佛与朋友一样无话不谈，而且达到彼此间心领神会的程度。[1]

有些人在外出旅行的时候，总是把自己紧紧包裹起来，"为防止受风尘的感染"[2]，一路沉默不语、疑虑重重。他们吃饭的时候，一定要吃同家里一样的饭菜。任何景象和习俗都不好，除非和自己村庄上的相似。他们旅行的目的，只不过是为了再返回家里。这样的旅行方式是完全错误的。我们在出发的时候，不要预先打定主意晚上在哪里过夜，或者什么时候返回；旅程就是一切。一切当中最必需的，不过也是最难得的好运气，就是在启程之前要设法找到一个和自己意气相投的人，他愿意与我们做伴，沿途之上我们可以向他谈谈突发的感想。因为快乐若无人分享，便索然无味。至于说风险嘛——我们也许会着凉或者头疼——但

---

[1] 引自蒙田的《论父亲对子女的爱》，原文为法文。
[2] 原文为法文。

为了快乐而冒一点生病的危险总是值得的。"快乐是人生中主要的有益之事"[1]。要是我们做的是自己高兴做的事，那也一定是在做对自己有益的事。博士和贤人们也许会持异议，不过，就让博士和贤人们去跟他们的忧郁哲学打交道好了。因为我们是些平凡的男男女女，让我们还是使用大自然赐予我们的每一种感官，来回报大自然的赠礼吧；尽可能地改变我们的生活状态；有时候朝这边走一走，有时候往那边溜一溜，去寻找温暖，趁着太阳还没下山，尽情享受青春的亲吻，倾听卡图拉斯[2]诗句的吟唱声在回响吧！春夏秋冬，阴晴雨雪，红酒白酿，群居独处，都一样有其乐趣。甚至睡眠，固然可哀叹其缩减人生的欢乐，也能满载着许多梦境；那些最普通的事情——一次散步，一番谈话，独自待在自己的果园里——也都能借思绪联翩而兴味倍增。美无所不在，而且美与善近在咫尺。因此，为了身体健康与神志清明，不要让思想盘桓于旅程的终点。但愿死亡降临之时，我们正在种白菜，或者正骑在马背上，或者让我们悄悄到某个农舍去，让陌生人把我们的眼睛合上，因为仆人的啜泣或亲人的手的触摸为我们情所不堪。最好的是在死亡到来之时，我们正在做日常的工作，身处姑娘和要好伙伴之中，而他们并不感到难以忍受，也不为之悲恸；让死亡到来时我们"正在游戏，宴会，戏谑，聊天，跟大家谈话，听音乐，听爱情诗"[3]。不过，对死亡谈得够多了；要紧的还是生命。

因为这些随笔并未结束，而是正在写得酣畅淋漓之时留给人

---

[1] 引自蒙田的《论经验》，原文为法文。
[2] 公元前1世纪的罗马诗人。
[3] 引自蒙田的《论虚荣》，原文为法文。

以悬念，所以生命的神貌显露得愈来愈清晰。当死亡逼近之时，生命竟变得愈来愈引人入胜，包括一个人的自我、一个人的心灵、每一件存在的事物：他不分冬夏都穿着长筒丝袜；他喝酒要在里面掺水；他在正餐之后要理发；他喝酒一定要用玻璃杯；他从来不戴眼镜；他说话声音很高；他总是在手里拿根鞭子；他曾经咬着了自己的舌头；他的两只脚老是不安地动来动去；他常常搔自己的耳朵；他喜欢吃变味的肉；他爱拿餐巾擦牙齿（感谢上帝，它们挺结实！）；他一定要在床上挂帐子；还有一件稀罕事，他本来爱吃小萝卜，后来不爱吃了，以后却又爱吃了。事情无论多么琐碎，他都绝不让它从他的指缝间漏掉，而且除了事实本身的有趣之外，我们还获得了那种奇特的力量，能够借助想象来改变事实。且看心灵是怎样不断地投下她的光明和阴影；她使得坚实的东西变得空洞，使得脆弱的东西变得坚固，使得大白天充满了梦幻，使得幻影像实在事物一样激动人心，而且到死亡的瞬刻也要拿琐事来开点儿玩笑。又看看心灵的二重性和复杂性吧。她听到一位朋友死去而产生同情，但又对别人的痛苦怀着一种亦苦亦甜的邪恶快感。她相信人，但她同时又不相信人。再看看心灵对种种印象的异乎寻常的易感性吧，尤其是在青年时代。一个富人偷东西，因为小时候他父亲总是让他缺钱花。一个人修一堵墙并不是为了自己，而是因为他父亲喜欢建筑。总而言之，人的心灵是由无数的神经和共感交织而成的，它们影响着她的每一个行为；然而直到1580年，对心灵我们谁也没有明晰的认识——我们是这样一些胆小鬼，总是钟爱那些稳妥的习俗惯例——不知道她是怎样活动的，不知道她是什么东西，只知道她是一切事物中最神秘莫测的，而一个人的自我则是世上最大的怪物和奇迹。"我愈是冥思苦想，我的劣行就愈使我震惊，这样一来我倒反而清醒了。"[1] 观察，永远地观察，而且只要笔墨纸张还存在，蒙田的写作就会"锲而不舍，不辞劳苦"[2]。

不过，还有最后一个问题，假如我们能够让蒙田从他入迷的工作中抬起头来，我们倒很想请教一下这位生活艺术的大师。在这几卷不同凡响的，充满了或长或短、或断续支离、或多才博闻、或逻辑严密、或自相矛盾的陈述的书中，我们听见了一个灵魂的脉搏和心律，正隔着一层纱幕在日复一日、年复一年地跳动，而那层纱幕随着岁月的消逝几乎已变得透明了。这个人在人生的冒险事业中一帆风顺；他为祖国服过务，然后过上退休生活；他做了地主、丈夫和父亲；他接待过君主，爱过女人，读过古代典籍并久久掩卷沉思。通过不断做最精微的试验和观察，他终于奇迹般地校准了构成人的心灵的种种难以捉摸的成分。他牢牢把握住了人世间的美。他获得了幸福。他说：假如他必须再活一次，他还会过一遍同样的生活。不过，我们在怀着专注的兴趣观看一个灵魂在眼皮子底下公开活动这一迷人景象的同时，这个问题也会油然而生：快乐是否就是整个人生的目的？对心灵本性的这种不可遏制的兴趣究竟源何而生？为什么会有同他人进行交流的这种强烈愿望？这个世界的美是否就已足够，或者说别的地方还存在对这个奥秘的另一种解释？对此能有怎样的答案呢？没有。只有再提出一个问题："我何所知？"[3]

---

[1] 引自蒙田的《论残疾人》，原文为法文。

[2] 引自蒙田的《论虚荣》，原文为法文。

[3] 这是蒙田著名的疑问警句，代表着他的怀疑论哲学思想。原文为法文。

# 玛丽·沃尔斯通克拉夫特[1]

　　重大社会冲突的影响，常常呈现出不可思议的间歇性。法国革命把有些人紧紧抓住，撕得粉碎；其他一些人它却轻轻放过，不动他们一根头发。据说，简·奥斯丁[2]就从来没提到过法国革命；查尔斯·兰姆[3]对它置若罔闻；波·布伦美尔[4]对于这件事根本连想也没想过。然而对于华兹华斯[5]和葛德文，它却是人类的黎明；他们明白无误地看到：

　　　　法兰西站在黄金时代的巅峰，

　　　　人性似乎正在重新诞生。[6]

　　因此，一位喜欢作栩栩如生描写的历史家，很容易就能并列出最触目的对比——这边，在切斯特菲尔德大街，波·布伦美尔

---

　　[1]　玛丽·沃尔斯通克拉夫特（Mary Wollstonecraft，1759—1797），英国18世纪著名的女权主义者，社会思想家、作家威廉·葛德文（William Godwin，1756—1838）之妻。

　　[2]　18世纪英国女作家，著有《傲慢与偏见》《爱玛》等。

　　[3]　19世纪英国散文家，著有《伊利亚随笔》等。

　　[4]　19世纪英国上流社会名流。

　　[5]　19世纪英国浪漫主义诗人，"湖畔派"成员之一。

　　[6]　引自华兹华斯的长诗《序曲》。

正小心翼翼地让他的下巴低下来贴着领结，以刻意摆脱粗俗强调语气的声调，讨论着上衣翻领怎样剪裁才合适；而在索默斯镇那边，却有一伙衣着寒碜、情绪激昂的年轻人，其中有一个人脑袋和身子比起来显得太大、鼻子和脸比起来显得太长[1]，每天边喝茶边大谈其人类的可完善性、理想的一致性以及人的权利。到场的还有一位眼睛闪光、说话热切的女性，那几个姓中产阶级姓氏的小伙子，像巴尔罗[2]、霍尔克拉夫特[3]和葛德文，都径直叫她"沃尔斯通克拉夫特"，仿佛她结婚还是没结婚都没有关系，仿佛她跟他们一样也是个小伙子。

在睿智的人们中竟存在如此惊人的不一致——因为查尔斯·兰姆和葛德文、简·奥斯丁和玛丽·沃尔斯通克拉夫特都是聪慧过人的——这说明环境对人的见解的影响是多么大了。假如葛德文是在伦敦法学院[4]附近长大，又在基督慈善学校[5]深受古典风习和古代文学的熏陶[6]，那么，他对于人类的未来以及人的一般权利大概会根本不感兴趣。假如简·奥斯丁在做小姑娘的时候，曾经躺在楼梯平台上挡住她父亲不让他殴打妈妈，那么，她的灵魂很可能会燃烧起那种反抗暴虐的激情，以致她的全部小说可能在呼唤正义的一声呐喊中消耗殆尽。

---

[1] 即葛德文。

[2] 巴尔罗（Joel Barlow, 1754—1809），美国诗人和外交家，和启蒙学者潘恩是好友。1788年到巴黎定居，1791年迁至伦敦。

[3] 霍尔克拉夫特（Thomas Holcraft, 1745—1809），英国演员和小说家。

[4] 在伦敦舰队街和泰晤士河之间，为法院所在地和开业律师、法学学生聚居地。

[5] 伦敦著名的宗教慈善机构。

[6] 这是兰姆的生活情况。

这正是玛丽·沃尔斯通克拉夫特从天伦之乐中得到的最早体验。接着，她的妹妹埃弗琳娜痛苦地结了婚，她在马车里把结婚戒指咬成了碎块。她的兄弟一直是她的累赘；她父亲的农场破产，为了让这个长着红脸、脾气暴躁、头发肮脏的声名狼藉的男人能够再谋生路，玛丽不得不去当家庭教师，受贵族阶级的奴役——总而言之，她从不知道什么是幸福，而且正因为缺少幸福，她便营构出一个信条，以应付人类真实生活中那种丑恶的悲惨处境。她那个信条的中心便是：什么也不如独立要紧。"我们从我们的同类那里接受的任何恩惠，都是一副新的镣铐，它缩减了我们与生俱来的自由，贬损了我们的心灵。"独立，对一个女人来说乃是第一需要；并不是风韵或魅力，而是活力、勇气以及把意志付诸实行的力量，才是她必具的品质。她最引以为豪的是她能说出这样的话："我从来不曾下决心要做任何重大的事，却又不准备坚持到底的。"玛丽当然能够说这句货真价实的话。在她刚刚三十岁出头的时候，回顾往事，她就可以找出一连串硬顶着别人的反对而坚持到底的行动。她费了好大的力气才为她的朋友范妮找到一所房子，却发现范妮又改变了主意，根本不想要房子了。她创办了一所学校。她又劝说范妮嫁给了史奇斯先生。当范妮快死的时候，她扔下学校不管，一个人跑到里斯本去看护她。在回国的航程中，她强迫船长去救援一艘失事的法国船，办法是进行威胁，她说假如他拒绝就要揭发他。当她无法从对富塞利的爱情中自拔的时候，她宣布自己希望和他共同生活，却被他的妻子断然拒绝，于是她就立即实行自己关于果断行动的原则，去了巴黎，决心靠笔杆子谋生。

因此，法国革命对她来说不仅仅是发生在身外的一个事件；它是存在于她的热血中的一种活跃的原动力。她一生都在反叛——反叛暴政，反叛法律，反叛习俗。改革家对人类的那种爱在她的身上激荡着，其中既包含爱也包含同样多的恨。法国爆发的革命表达了她最深刻的理论和信念，在那非凡巨变白热化的时刻，她匆匆写出了两部雄辩而大胆的著作——《答柏克》和《女权辩》[1]。的确，在今天看来，它们的内容已经没什么新奇之处了——书中的创见已经变成了我们今天的老生常谈。在巴黎，她独身住在一所大房子里，她亲眼看见她所蔑视的法国国王身边围着国民自卫军、乘马车从门前经过，而且与她的预料相反，他竟保持着相当尊严的风度，这时，"我简直没法向你说清为什么"，泪水会涌进她的眼睛。"我要上床睡觉去了，"这封信是这样结束的，"而在我是生平第一次，我不能把蜡烛熄灭掉。"毕竟，世事并非那样简单。她也无法理解自己的感情。她看到自己最珍视的信念付诸实现了——而她的眼睛里却充满了泪水。她已经赢得了声誉、独立和过自己的生活的权利——但她还需要某种不同的东西。"我并不想像一个女神那样被人爱，"她写道，"不过我希望自己对你来说是不可缺少的。"她这封信是写给伊姆利的，那是一个风度迷人的美国人，他对她很好。的确，她已经热烈地爱上他了。可是，爱应该是自由的，这是她的理论之一——"相互间的感情就意味着婚姻，而爱情死亡之后，假如爱情会死亡的话，婚姻的纽带就再也不应该束缚人了。"不过，她在需要自由的同时也需要稳定。"我喜欢感情这个字眼，"她写道，"因为它意味着某种具有惯常性的东西。"

---

[1] 这两部书分别出版于1790年和1792年。

138

所有这些矛盾的相互冲突都在她的面容上表现出来：既坚毅果敢，又充满梦幻；既耽于肉欲，又富于理智；此外，她那大绺的鬈发和那双明亮的大眼睛又很美丽。骚塞[1]曾认为她的眼睛是他所见过的最脉脉含情的眼睛。这样一个女人的一生注定如暴风般骚动不宁。她每天都在制订生活必须遵循的理论；她每天都要撞在他人偏见的坚岩上。每天——因为她绝不是迂腐的学究，也绝不是冷血的理论家——总有某种新想法在她脑子里产生，把她的理论推到一边去，迫使她对它们重新加以铸造。根据她的理论，她对伊姆利并没有合法的权利，她便按照理论行动，拒绝同他结婚；可是当他扔下她和她为他生下的孩子，一周又一周没有消息时，她却痛苦得无法忍受了。

　　她因此而心烦意乱、陷入困惑，这连她自己也难以理解，那个花言巧语而背信弃义的伊姆利跟不上她心灵的疾速变化和她情绪中理性与非理性的错综交替，也就不能完全怪他了。即使她那些喜好并不偏颇的朋友们，也为她的性格不统一而感到烦恼不安。玛丽对大自然怀有激情洋溢的爱，可是有一天晚上，天空五色斑斓、妙不可言，玛德琳·施韦泽情不自禁对她说："来吧，玛丽——来吧，大自然的爱好者——欣赏这奇妙的景象吧——你看色彩在不停地变幻呢！"可是玛丽的眼光却片刻也没有离开沃尔左根男爵。"我必须承认，"施韦泽夫人写道，"她这样耽于色欲给了我很不愉快的印象，我的欢乐情绪顿时化为乌有了。"如果这位多愁善感的瑞士女人为玛丽的色欲而感到困窘的话，那么，那个精明的生意人伊姆利却被她的才智弄得很恼怒。无论什么时

---

[1] 19世纪英国诗人，"湖畔派"成员之一。

候见到她，他都会拜倒在她的魅力之下，可是她的敏捷、她的锐利、她绝不妥协的理想主义又使他苦恼。他的借口都会被她一眼看穿；他的理由都会遭到她的反驳；甚至他的生意，她也能代他管理。和她在一起简直得不到安宁——他不得不再次离开。可是她的信也接踵而至，以诚挚的情意和敏锐的洞察力折磨着他。这些信是那样坦诚、那样热切地恳求他告诉她真话，对于什么肥皂啦，明矾啦[1]，财富啦，舒适啦，又显示出那样的轻蔑；这些信中那样真诚地再三表示——他也觉得那是真心话——只要他说出那个"不"字，"你就再也听不到我的消息了。"这一切致使他难以承受。他本来只想逗逗小鲤鱼的，却钓上来一只海豚，这家伙把他猛拉到大海里，直到弄得他头晕目眩，一心只想逃出来。归根结底，尽管他也曾玩过编造理论的游戏，但他是个商人，他靠贩卖肥皂和明矾为生："人生中一些附带的乐趣，"他不得不承认，"对我的舒适来说是非常必需的。"这些乐趣中有一桩，玛丽心怀嫉妒地明察暗访始终查不出来：是生意、政治，还是另一个女人，使得他老是不在她身边？他吞吞吐吐；他见她的面的时候装得挺可爱；接着他就溜不见了。她终于恼怒了，因为猜疑而有些疯狂了，这才从厨娘那儿逼出了实情，得知一家巡回剧团里的一个娇小的女演员是他的情妇。玛丽忠于自己的果断行动的原则，她立即把自己裙子浸湿，这样便能保证在水里下沉，然后就从普特尼桥上跳下河。不过她被人救了起来；经过一段难言的痛苦，她恢复过来了，接着她那"不可征服的心灵的伟大"，她那少女似的纯真的独立信念，又重新树立起来了，她决心再一次呼唤幸

---

[1] 指伊姆利经营的商品。

福，不要伊姆利给她和他们的孩子一个便士，自己独自谋生。

就在这个危机时刻，她再度遇见了葛德文，也就是她过去认识的那个长着大脑袋的小个子，那时候法国革命让索默斯镇的年轻人感到一个新的世界正在诞生。她又"遇见"了他——不过这是一种委婉的说法，因为实际上是玛丽·沃尔斯通克拉夫特上他家去拜访他的。这是不是法国革命在起作用呢？是不是因为她亲眼看见过溅在人行道上的鲜血，亲耳听到过愤怒人群的呐喊，才使她觉得是自己披上斗篷到索默斯镇去拜访葛德文也罢，或者在贾德西街等着葛德文来看她也罢，都是无所谓的事呢？而在葛德文这个奇人身上，古怪地混合着鄙俗自私与豁达大度、冷漠无情与深情厚谊——他为妻子写的回忆录，假如没有非同寻常的深厚感情是写不出来的——到底是人类生活中的什么奇特的事变激励了他，使他认为玛丽做得对呢？他尊敬玛丽，因为她把束缚妇女生命的愚昧习俗踩在脚下。他在很多问题上都持有不同一般的看法，尤其是在两性关系方面。他认为即使在男女之间的爱情中，理性也应当发挥影响。他认为在男女间的关系中存在着某种精神性的东西。他曾这样写道："婚姻是一种法律，而且是一切法律中最坏的法律……婚姻是一种财产事务，而且是一切财产事务中最坏的财产事务。"他坚持这样一种信念：如果两个异性彼此喜爱，他们不经任何仪式就可以同居；如果说同居容易使爱情减弱，那就住在同一条街上，譬如说，相距二十道门。他还进而言之：如果另一个男人喜欢你的妻子，"这也根本不会造成什么困难。我们都可以享受同她交往的乐趣，而且我们都将很明智，会把肉体关系看作一桩微不足道的小事"。事实上，他在写下这番话的时候，还根本没有恋爱过；现在他将第一次对那种感情有所体验了。从索默斯镇上的相互交谈中，从他们单独待在葛德文的房间里、对阳光下发生的一切进行有违传统的讨论中，爱情悄悄地、自然而然地降临了，"在各自的心中以相同的步调增进着"。"这是友谊自然融化为爱情……"他这样写道，"按照事物的进程，在临到该表白的时候，在某种意义上任何一方已经没有什么需要向对方表白的了。"确实，他们在最根本的问题上都持有一致的观点；譬如，他们都认为结婚是不必要的。他们打算继续分居。只是到了大自然再一次进行干预、玛丽又发现自己怀了孕的时候，她才提出质疑：为了一条原理而失去珍贵的朋友值得吗？她认为不值得。于是他们就结了婚。还有另外一条原理——丈夫和妻子以分居为最好——难道不也跟她刚刚产生的其他感情互不相容吗？"丈夫是屋里家具中很方便的一部分。"她这样写道。确实，她发现自己对于家务事热情颇高。那么，为什么不把这条原理也加以修改，两个人都共住在同一个屋顶下呢？葛德文可以在隔几道门的另一间房子里工作；如果他们乐意，可以各自到外边去吃饭——他们各自的工作、各自的朋友应该分开。他们就这样决定下来，这项计划的进行也很圆满。这样的安排结合了"客人来访的新奇而活泼的感觉和家庭生活甜美深沉的乐趣"。玛丽承认自己是幸福的；葛德文也坦言自己在全身心与哲学打交道之后，如今发现"有一个关心着自己的幸福的人"，那是"极其欣慰的"。玛丽对新生活的满足感把她的全部力量和热情都解放出来了。微不足道的小事也会给她带来极度的快乐——看见葛德文跟伊姆利的孩子一起玩啦；想到他们即将出生的婴儿啦；到乡间做一天短途旅行啦。有一天，玛丽在新道上碰见了伊姆利，她毫无怨恨地向他打招呼。不过，正像葛德文所写的："我们的幸福并不是那种闲极无聊的幸福，不是自私自利和短暂欢乐的天堂。"的确不是，这也是一种试验，正如玛丽的一生从开始起就是一种试验一样，这是一种使人类的传统习俗更密切地与人类的需要相适应的尝试。他们的婚姻只是试验的开始；种种事还将接踵而至。玛丽就要生孩子了。她计划写一部书，书名叫作"妇女的冤屈"[1]。她打算改革教育。她要在孩子生下来的第二天就下床吃饭。她准备分娩的时候雇一个接生婆而不请医生——然而这场试验是她的最后一次了。她在分娩中死去。她的生存意识是那样强烈，甚至在痛苦中她还高喊着："一想到自己不再存在——要失去自己——我就无法忍受，不，要说我会不复存在，那在我看来是不可能的事。"就这样，她在三十八岁的时候去世了。但她向命运进行了报复。在她被安葬之后有一百三十年流逝了，千千万万的人死去并被忘却；然而，当我们读着她的书信，听着她的论辩，思考着她的种种试验，尤其是那次最富成效的试验，即她与葛德文的结合，并确知她如何以睥睨一切、满腔热血的方式在生命的核心劈开自己的道路，那么她就无疑获得了永生：她活着而且生机勃勃，她在争辩，她在试验，我们听得见她的声音，甚至在现今活着的人们当中还能寻觅到她的影响的踪迹。

---

[1]　该书于1798年出版。

# 萨拉·伯恩哈特[1]

  当一位著名女演员允诺给我们她的自传时，我们理所当然对此格外关注，甚至激动不已。她以众多神态各异的人物形象和动人的场面，充满激情的表演方式出现在我们面前。此时，当我们想做出选择并保存在记忆中时，她又会静静地坐着，沉思冥想，脸上呈现出感悟到生命真谛时的神态。值得强调的是，正是这种强烈的对比反差，告诉了我们她全部生活的含义，从最微不足道的琐事，经历的种种辛酸苦痛，到最灿烂辉煌的成就。我们也知道，她扮演的每一个角色，一点一滴渐渐展示出我们未知的一面，直到她变得完整起来但又不同于所有那些她在表演中注入了生命力的舞台形象。当她以自传向我们公开自己是一种什么样的女人时，我们难道不该满怀感激之情并对此充满极大的兴趣吗？

  生活中也许没有哪一位女性能比萨拉·伯恩哈特更多地告诉我们有关她自己和生活中那些稀奇古怪的事情。的确如此，当她走向展示自己的最后一幕时，在允许幕布徐徐拉开之前，她按照传统的方式，采取了比我们所希望的更谨慎的态度，摈弃了一切

---

  [1] 萨拉·伯恩哈特（Sarah Bernhardt，1844—1923），法国女演员，扮演过《李尔王》等剧中主要角色。

象征手法，这也是极富特征的，她的书肯定应该做到她扮演过的任何角色却不曾做到的事，向我们显示舞台上不能展现的一切。

她是在凡尔赛大香普斯女修道院中长大的，她的生活立刻变成了一颗颗亮丽的珠子，它们一颗紧挨着一颗，但又几乎没有穿在一起。即使在当时，她就是头脑这么清醒又有条理的人，以至于首次与外界冷酷的现实接触时竟爆发出强烈的反抗。当她看到女修道院深暗的围墙时，立即惊叫起来："爸爸！我不去监狱！这是监狱，我肯定这就是监狱！"这时，一位"较丰满的矮个子女人"走了出来，她的面纱一直盖住了嘴唇。她询问了一会儿，发现萨拉浑身发抖，也许出于某种不可思议的天性，她把面纱全部撩开了一下。"这时，我看到一张最甜美、最使人愉快的脸……我立即扑到她的怀里。"进入围墙之后，萨拉的行为也出人意料且疯狂不已。例如，她的头发长得浓密而卷曲，那天清晨替她梳头的修女板着脸，用梳子使劲地扯着。"我扑向她，一边尖叫，一边用脚、手、胳膊、头和牙齿，以及我弱小的身体拼命地又踢又打。"弟子和修女们都跑过来，远远地站着，轻声祷告，比画着虔诚的手势，直到院长嬷嬷念了更具威力的咒语，把圣水泼洒到这个撒野的小魔鬼萨拉·伯恩哈特身上，事情才平息下来，又是这位慈祥的院长嬷嬷发挥她极具影响力的天性，不再施用什么魔力更大的咒语，而用"一种怜爱的表情"征服了她。可能由于她身体十分柔弱的缘故，才会引起她这样的怪脾气。读到她怎样以其"个性"在同伴中树立起了威信时更有意思。她随身带着装满小蝰蛇、蟋蟀和蜥蜴的小盒子。通常蜥蜴的尾巴都被折断了。为了看清小动物是否吃东西，她掀开盖子，让它"惊喜万分"地突然窜出，正要放心大胆往前冲时，"啪嚓"一声，一条尾巴总要被盖子压住。因此，每当修女讲课时，她却玩耍着断尾巴，想着如何把它们接上去。那时，她还收集蜘蛛。一次，一个小孩把手割破了，"我说：'快过来，我有新鲜的蜘蛛网，我用它给你包上。'"身怀如此绝技和一副好心肠，功课总学不好，她成天生活在幻想中。当然，在修道院里，在所有激情构成的美丽的戏剧场面中，她扮演着主角，例如：装扮成宣布脱离尘缘的修女；或躺在床上，盖上厚厚的黑布单假装死去。烛光闪烁中，修女和弟子们惊喜地叫喊起来。"你看见了，噢，仁慈的上帝，"她祈祷着，"那个嬷嬷叫喊着，可那并不影响我！"因为"我崇拜我母亲，可是，不得不怀着感人而真诚的愿望离开她……为了上帝而牺牲了她"。但是一次严重的恶作剧后的一场重病结束了她前景光明的宗教生涯。她离开了修道院，虽然她们仍然怀着唯一的愿望：戴上面纱。这是在一次重大家庭会议讨论是否送她去戏剧学院时她最随意做出的决定。她的母亲是一位妩媚动人而又懒散的女人，一双眼睛流露出神秘的光芒，对音乐充满激情，身患心脏病，却绝无一点苦行僧思想，每当重大家事需要处理时，总喜欢召集亲戚来商量。在这种场合，总会有一个文书、一位神父、一位伯父或姨妈，一位家庭教师、一位楼上住的朋友和著名的绅士莫尔尼公爵。对其中大部分人，萨拉都认为有理由喜欢或讨厌。"他头上的红头发真像狗牙根草""他叫我小捣蛋""他很温和慈祥……在法院里任高职"。他们讨论是否动用她父亲留给她的十万法郎，这样做对她将来嫁一个好丈夫并非上策。听到这里，她大发脾气叫喊起来："我要嫁给上帝……我要去当修女，我要去。"她满脸通红怒视着面前的敌人。他们低声咕哝着，劝解着，母亲开始发言了，声音"清晰缓慢，拖长着调子，像小瀑布的流水声……"。最后，莫尔尼公爵烦了，站起身要走，说道："你们知道该对这孩子怎么办吗？你们应该送她去戏剧学院。"

这两句话，我们知道，将会产生多么惊人的后果。但是除了把这作为她奇特天才的一个例子外，值得把整个背景都考虑在内。在这本自传中，她用了多少篇幅和栩栩如生的彩色照片来说明这天才的恰当发挥与旺盛的生命力。没有一种用手势或举动表达出的感情会逃过她的眼睛，即使这些事与眼前无关，她也在头脑中珍藏着它们，并在必要时用来做出解释。通常是一些微不足道的小事，而不是什么大道理会产生惊人的效果。这女孩就这样坐在地板上，"给沙发流苏编着辫子"。格拉德夫人"没戴帽子，身穿一件咖啡小叶图案的印花布裙"走了进来。后来，就发生了歌剧院中那个戏剧性场面。"我的教父耸耸肩，站起身来'呼'的一声摔门而去，离开了包厢。母亲丧失了对我的所有耐心，从戴着看歌剧的眼镜中扫视了一下大厅。莫丽·布拉本德递给我她的手帕，因为我已把自己的扔掉不敢去捡起来。"这也许可以当作一个简单的例子来说明，对于一位女演员来说，这是十分自然的，她只有十二岁，就能察言观色了。她的演员天赋使她能将所有的感受集中在眼睛所观察到的动作上，同时又能从显示别人内心活动的动作中得出印象。随着这本自传往下翻阅，她赋有天才的特点愈加明显。这位女演员成熟起来，在舞台上展现出表演天才。正如这里提到的，当写作这种性质截然不同的艺术被用于表现高度施展的戏剧表演才华时，它所产生的某些效果是奇妙而显著的，其余的超过了这个界限则变为古怪，甚至令人费解。她参加了报考戏剧学院的考试，考得很好。回家的路上，她准备在母亲面前演一场戏。她要哭丧着脸进门，当母亲说："我早就告诉过你你会有这种下场的。"她就会叫道:"我已经通过了!"但是,诚实的格拉德夫人破坏了这喜剧效果,她在院子里就大声说出了实情。"我必须指出,只要那好心的女人活一天,她就会继续这样……破坏我的效果……所以开始讲故事或做游戏之前,我经常叫她到房间外面去。"通常,我们发现自己也会处于格拉德夫人的地位,虽然我们也许会为自己找到一个借口。下面两个令人迷惑不解的故事将有助于我们了解萨拉·伯恩哈特,有时她是怎样超越了这种界限,不是变得滑稽可笑就是伤透脑筋——或者,是我们该像格拉德夫人那样离开房间间吧?

经过普法战争中做出(照料伤员)的惊人之举后,她感到自己需要改变一下生活方式,于是去了布列塔尼。"我非常喜爱大海和平原……但不喜欢高山或森林……它们给我压抑的感觉……使我窒息。"在布列塔尼,她看到陡峭的悬崖绝壁耸立在"大海波涛汹涌的咆哮声中",岩石在悬崖下盘踞匍匐着,不知经过了"多少漫长的岁月,只是某种不可思议的缘故才使它们静静地守候在那里"。那儿还有一个大裂隙,被称为"普罗戈夫地狱",尽管导游一再警告其神秘可怕,她还是决心下去看个究竟。于是,只好用一根绳子捆在她腰部的皮带上,因为她的腰"那时只有四十三公分",不得不在皮带上再打几个孔捆好,把她一点一点放下去。洞里很黑,耳边传来海浪的轰鸣声,偶尔还听到一阵好似枪炮、鞭笞的鬼魂的哀号声。最后,她的双脚终于踏到了实处,踩到一团旋涡中冒出的一块小石头尖上。她恐惧万分地向四周望去。突然,她发现两只凶神恶煞的眼睛瞪着自己,不远处,又发现另一双眼睛。"我看到它们没有身子……刹那间,我觉得自己快被吓昏了。"她拼命拖拽着绳子,于是被慢慢地往上拉。"那些眼睛也被拉了上来……当我被往上拉时，只看见四周一双双眼睛，它们伸出长长的触角来抓我……'那些是船只失事死难者的眼睛。'导游说道，一边在胸前划着十字。我非常清楚，它们不是死难者的眼睛……到了旅店我才听说了关于章鱼的事。"把这一戏剧性场面中古怪的现象解释成章鱼、死难渔民和萨拉·伯恩哈特本人，都会让一位细心的编年史家大感不解。不过，对于其他人这就无关紧要了。

那么，紧接着，"我亲爱的家庭教师莫丽·布拉本德"要死了，萨拉去看她。

"她受了不少折磨，看上去整个人都变了。她躺在那张白色的小床上，一顶小白帽盖住了她的头发，大鼻子痛得扭歪了，呆滞无神的眼睛失去了光彩，嘴角上浓密如胡须的茸毛却随着一阵阵痉挛竖立着。除此之外，她的变化实在太大，我不知到底是什么缘故。我走近她，弯下身轻轻地吻了她一下，好奇地凝视着她的脸，她随即明白了我的意思，用目光示意我看床边的桌子。在一个玻璃杯里装着我老朋友的全部牙齿。"

她讲述的大部分故事都有一个共同点：显而易见，它们都来自真实而毫不夸张的记忆。她把事实一个又一个地摆在我们面前，使章鱼成为未知的答案，以达到她预期的效果，但她绝不刻意采用任何神秘的方式。一个人怎么能对付"沉船死难者的灵魂"？她把大自然中一切巨大而神秘的力量，天空的广阔无垠，大海的浩瀚无际，都浓缩在一个具有强烈效果的场景中，用以衬托出她孤寂无助的人物形象。正是由于这个缘故，她凝神的目光是那么细微，那么敏锐。虽然作为一名艺术家，她坚定的信仰几乎没有记录在这几页纸上，可以猜想，她在舞台上表现出的非凡的艺术激情，正是来自这种善于用敏锐而质疑的目光观察人物的能力。她从不抱任何幻想，"我表演得很差，看上去很丑，脾气暴躁"。想象一下作为女人碰到的最实际的问题吧，当她去挑选降价鸡肉时，只会因这同一怀疑的目光而上当受骗，毫无疑问，要是她希望如此，就宁愿欺骗自己。由于具有如此敏锐的观察力，似乎像她这样的人不应同时又持有过高的观点。如果天生具有这种能力，她也许会觉得不能将它轻易置于自己的艺术源泉中，否则带来的后果将难以预料。她对为艺术的需要而做出的任何牺牲都引以为豪。自然，当你读过这本自传的某些章节，你会发现她观点中一些费解与局限之处，这也许只能解释为一切可怕的场面都是人为的激情迸发的结果，只是为了借以阐明这位女演员那张充满好奇的脸是多么与众不同。在戏剧表演领域里，在紫红色绚丽耀眼的灯光映照下，以各种姿势展现的这个形象总是那么熠熠生辉。不可思议的是，在这范围之外的其他形象却未显出光彩。譬如：她救过一位登船时滚下楼梯的夫人，那位夫人用"几乎听不见的声音咕哝着'我是林肯总统的遗孀'……一阵极其悲痛的震颤传遍了我的全身……她丈夫被一位演员暗杀身亡，如今，又是一位女演员使她免于到地下与亲爱的丈夫会合。我回到自己的房舱，在里面整整待了两天"。与此同时，林肯夫人会想到什么呢？书中这类显而易见又未加修饰的事例随处可见，几乎让人在未读完之前有些倦意，但绝不是厌倦，这是她"个性"的最后胜利。甚至当她在夜晚拉上窗帘时，天上的繁星不是辉映着大地和海面，而是把光辉洒满她的第二卷"崭新的时代"。

她坚定的目光让我们惊叹不已，迫不及待地要说些什么，毫无疑问，我们无能为力。因为对一本书越痴迷，就越无法用语言来描述它。在心灵受到如此震撼之后，你会像一只困惑的动物爬行着，它的头被一块飞石击中，眼花缭乱，四周一片耀眼的金光。当你读着这卷书时，可能你会觉得身下的座椅渐渐下沉，飘浮在一片深红色的，异香扑鼻的云雾中。不一会儿，这云雾升起，把你团团围住。随后它们分隔开来，留出一块空间，仍是一片深红色，其间，一些欢快的小精灵发生了争执。云彩用纯正的法语口音尖声鸣叫，听起来这么古怪单调，几乎辨认不出还是人类的声音，一阵经久不息的掌声响起猛地惊扰了美妙的梦境。然而，梦醒之后，生活会就此开始吗？在本章结束时，当漂浮的椅子掉到地下，那轻微的震动惊醒了你，四周云雾消散时，这突然显现的实实在在的房间，它看上去过于巨大且荒凉，浅浅的兴趣之溪流已难以重新淹没它，而这兴趣正是你慷慨付出后留下的一切，是否是这样呢？是的，我们清楚地知道：在昏暗的灯光下，伴随着的只有毫不相干的车马喧闹声，被宇宙间望着万物的太阳和月亮的光辉观察着。但是，这不是一个极大的谎言吗？事实上我们不是各自都在这数不清的射线中心吗？而它们只照耀在一个人身上，直接又全部反射回去，不愿意放射一束在我们远处而减弱的光芒，这难道不是我们应该关心的事吗？由于如此聚光的缘故，萨拉·伯恩哈特至少将在久远的年代中闪耀光彩，给人们带来神秘诱人的启示。这个预言是否过于傲慢自大呢？——当我们其余的人在消散的光亮中编造着谎言之时，她将依然闪烁着耀眼的光芒。

# 莱斯利·斯蒂芬爵士印象[1]

　　在我孩提时的印象中，父亲并不比我们大多少。他常常带我们在圆形池塘里去放小船，并亲手放出一只有着康沃尔小帆船式样的，带桅杆和帆的小船；我们知道他的兴趣并没有"成年人"的做作，而与我们自己的兴趣一样纯真；因此，我们之间有着某种完全平等的同伴关系。每天傍晚，我们都在客厅里待上一个半钟头，我还记得，他总有某种办法把我们逗乐。他先是画几幅动物的画，这些动物胖得我们都想要，或用剪刀把它们剪下来。我们到了一定的年龄，他又花时间为我们朗诵。在《汤姆·布朗求学记》[2]和《金银岛》[3]之前，我已记不得其他的什么书，但是肯定很快我们就向那一长排红色书脊发起了进攻——三十二卷威弗利系列小说[4]，这些书在后来成为我们许多傍晚的读物，因为

　　[1]　莱斯利·斯蒂芬爵士（Sir Leslie Stephen，1832—1904），英国传记作家、评论家，编纂了《英国人物传记词典》前二十六卷，为作者伍尔芙之父。

　　[2]　《汤姆·布朗求学记》为英国小说家休斯（Thomas Hughes，1822—1896）的代表作，他以此书闻名于世。

　　[3]　《金银岛》为英国作家斯蒂文森（R. L. Stevenson，1850—1894）的代表作。斯氏为19世纪新浪漫主义的代表。

　　[4]　为英国小说家、诗人司各特（Walter Scott，1771—1832）的作品，以"威弗利"为化名写了不少历史小说。代表作有《艾凡赫》等。

在我们完成最后一本时，他又开始重新读第一本了。在每卷结束时，父亲总是严肃地要我们谈谈有关该书优点的看法，并要我们说说最喜欢其中哪一个人物，为什么喜欢等。当我们中的一个偏爱正面人物，而不喜欢那个远为真实的反面角色时，我还记得父亲的愤慨表情。父亲总喜欢大声朗读，在所有的书籍中，我觉得他最喜欢司各特的作品。在他最后的那些年，当他不愿读其他任何东西的时候，他就会叫我们到书架上取下威弗利系列小说当时所在的第一本，然后他随意翻开书，心满意足地一直读到睡觉的时间。他把《盖伊·曼纳林》放在所有其他书的前面，因为里面有他喜爱的人物丹迪·丁蒙特，他非常喜欢《米德洛西恩监狱》的第一部分，他对这一部分的朗读令人难以忘怀。我的哥哥们上学之后，他仍然给我们两姐妹读书，但所选的书更加严肃了。他为我们读卡莱尔[1]的《法国革命》，而读到《名利场》一半的时候，他就停了下来，因为他说"太可怕了"。他为我们通读了奥斯丁小姐[2]的作品，霍桑[3]的作品，一部分莎士比亚的作品以及许多经典。在星期天的晚上，他便放下散文，开始为我们读诗歌，这种星期天的诗歌朗读后来一直持续下来，直到晚间朗读最终停止为止。

他对诗歌的记忆令人惊异；对于自己喜爱的诗，他几乎可以不经意地只读一遍就完全吸收了，他觉得那些零散的片段以及那

---

[1] 卡莱尔（Thomas Carlyle，1795—1881），苏格兰散文作家、历史学家，代表作有《法国革命》。

[2] 奥斯丁（Jane Austen，1775—1817），英国女小说家，代表作有《傲慢与偏见》等。

[3] 霍桑（Nathaniel Hawthorne，1804—1864），美国小说家，代表作有《红字》等。

些往往是次要的部分，如他所言，以这种方式"缠住"了他，十分有趣。他早年就熟知了华兹华斯[1]、丁尼生[2]、济慈[3]、阿诺德[4]以及其他的名家的作品。老一辈的弥尔顿[5]是他最喜爱的诗人；他还特别喜欢"圣母颂歌"，每次圣诞平安夜，他就要给我们讲起。在他去世之前的平安夜，这是他竭力想说的最后一首诗歌；他当时还记得其中的词，但过于虚弱而没能说出来。他还喜欢，并能在读过第一遍之后就熟记梅瑞狄斯[6]的"山谷之爱"，他让我们在梅瑞狄斯先生优美的韵律及其运用上做记号，他很少要我们这样做。所以他并不喜欢有关技巧的批评，而且也不喜欢被卷入任何批评之中。他常常以饱满的热情重复朗读艾尔弗雷德·莱尔爵士的《印度诗选》中的一些作品。他对诗歌的品位相当广泛，只要喜欢，谁写的或作家有没有名都无关紧要；它会"缠住"他并进入他那巨大的宝库之中。他能够背诵吉卜林[7]的许多歌谣，他在家里走动，或在肯辛顿花园散布时，大着嗓子高声喊叫亨利·纽博尔特爵士[8]的《全体海军将领》，这使保姆和庭园看门人目瞪口呆。我记得，他最喜欢背诵的诗人有华兹华斯、丁尼生和阿诺德，其《学者吉卜赛》是他最为喜爱的作品之一。他非常不愿意拿着书

---

[1] 华兹华斯（William Wordsworth, 1770—1850），英国诗人，开创浪漫派诗风。

[2] 丁尼生（Alfred Tennyson, 1809—1892），英国诗人。

[3] 济慈（John Keats, 1795—1821），英国诗人。

[4] 阿诺德（Matthew Arnold, 1822—1888），英国诗人、评论家。

[5] 弥尔顿（John Milton, 1608—1674），英国诗人，对18世纪诗人产生了深刻影响。

[6] 梅瑞狄斯（George Meredith, 1828—1909），英国小说家、诗人。

[7] 吉卜林（Rudyard Kipling, 1865—1936），英国小说家、诗人，代表作有《丛林故事》，获1907年诺贝尔文学奖。

[8] 纽博尔特（Sir Henry John Newbolt, 1862—1938），英国诗人。

朗读诗歌，要是不能凭着记忆说出诗句，他通常都会拒绝背诵。他的背诵，或无论这可以称作什么，完全是从这一事实中获得的，在他靠在椅子上，双眼微闭，娓娓道出那些美丽的诗句时，我们感到他所讲出的不仅是丁尼生或华兹华斯的词句，而且是他自己所感、所知的东西。在我看来，英国伟大诗人的众多诗作都因此与父亲难分难解；我从中听到的不仅是他的声音，而且是他的某种教诲和信念。

母亲去世后，父亲渴望用她的方式教育我们。在后来的许多年中，他为此放弃了上午两小时宝贵时光，而从事乏味的教学工作。后来我随他学习了一些希腊文和德文。他教语言的方式总是一成不变的。他将所有的语法放在一边，然后拿出一些经典作品，直接达意。记得有一次他说，伊顿公学未能使他成为一名学者，他为此很不满。我觉得他在最后的那些年中，他自己没有阅读任何希腊或拉丁经典，只有他那本袖珍本《柏拉图》除外，这本便于携带的小书伴随着他的旅程，随他去了美国又返回家乡。他也读德文书，但极少是出于消遣的目的，只有海涅[1]和歌德[2]是例外。在他最后病痛的日子里，他还读了许多法文书。

---

[1] 海涅（Heinrich Heine, 1797—1856），德国诗人、政论家，以爱情诗《歌集》著称。

[2] 歌德（Johann Wolfgang Goethe, 1749—1832），德国诗人、作家。

# 第五部分

# 生活回忆及随感

# 往事情怀[1]

　　我记忆中最初的往事是这样开始的：

　　那是妈妈衣裙上黑底映衬出的一朵朵红色和紫色的花。我记不清她是坐在火车上还是在马车里，我坐在她膝上，所以能很近地观察她衣裙上的花。此刻，那黑底映衬下的紫红、鲜红和天蓝色，好似一朵朵的银莲花依然历历在目。我们仿佛是去圣艾夫斯；从灯火通明的情景看来，一定是到了晚上，又好像是返回伦敦去。不过，认为去圣艾夫斯更恰当一些，因为那里又引起我回想起另一件事，好像也是记忆中最初的往事，实际上，这件事是我所有的回忆中最重要的。如果生活具有赖以依靠的基础的话，如果它是一只碗，可以不断地往里盛，那么，我的碗无疑完全依赖于这个回忆。那是在圣艾夫斯的托儿所里，我躺在床上半睡半醒迷迷糊糊的。海水拍打着岸边，飞溅的浪花发出"哗，哗，哗，哗——"的声音；又一次拍打岸边的"哗，哗，哗，哗"声，在黄色的百叶窗外响着。微风吹过，卷动着窗帘的叶片，传来叶片轻

---

　　[1]　本文选自伍尔芙的《存在的瞬间》一书，写于1939年4月18日至1940年11月17日，在其逝世前四个月完稿。在即将到来的战争阴影笼罩下，她不禁回忆起欢乐的童年，尤其是在康沃尔郡的圣艾夫斯避暑地中度过的夏天，此背景与小说《到灯塔去》中一致。

轻滑过地板时碰响的绳扣声。躺在床上，耳边的浪花声，眼前的光，我感受着，几乎不相信自己会在这里，体验出那种令人完全心醉神迷般的欣喜。

我愿意花费好几个钟头试图描绘出我心中的神往，因为它本该被描绘下来，以表达出即使在此刻仍是那么强烈的内心感受。可我竟然做不到（除非我交上好运）；倘若我一开始就去描写弗吉尼亚——我自己，我敢说，那有运气才会成功呢。

这里，我碰上了自传体作家的一个难题，虽然我读过许多作家的自传，为什么他们都做不到这一点呢？是他们不考虑与事件相关的人物。因为描写人物实在太难了。因而他们说，"这就是所发生的事"，而不说涉及事件的那个人是什么样的。然而，除非我们首先了解这件事发生在谁身上，否则这件事对于我们就毫无意义。那么我是谁？艾德琳·弗吉尼亚·斯蒂芬，莱斯利和朱莉亚·普林塞普·斯蒂芬的二女儿。1882年1月25日，出生在一个人口众多的大家庭，家庭成员中有的名声显赫，有的默默无闻。父母虽称不上富豪，也还称得上殷实人家。出生时正值19世纪末，人际交往频繁，崇尚文化修养，热衷文学写作、参观游览，富于语言表达。因此，如果我愿意不厌其烦地去写那些关于我父母，甚至伯父、姨妈、表兄妹或朋友们的事，是一定能写好的。但是，我不知道其中有多少或是什么成分能使我感受到在圣艾夫斯托儿所的那种内心体验。我不知道自己与其他人有多少不同，这是自传体作家的又一个难题。然而，要真实地描写自己，就必须具有一定的参照标准。我聪明还是愚笨呢？漂亮还是难看呢？热情似火还是冷若冰霜呢？部分原因是从没进过学校，从没与同龄儿童进行过竞争，从没与其他人的才能或是缺点进行过比较。但是，对于这第一印象的强烈肯定也存在一个外部原因：对海浪和百叶窗绳的印象；还有情感，正如我有时对自己描述的那种，躺在一片紫红色的色彩中，向半透明的黄色百叶窗望去的情感。部分原因是我们在伦敦度过了好几个月的漫长日子。托儿所的改变是一次很大的变化，经历了长途列车旅行和兴奋激动，我记得那黑夜、灯光和上床睡觉前的一阵忙乱。

但是，还该集中精力回忆托儿所的事——那里有一个阳台，虽然有一面墙隔着，它与我父母卧室的阳台是连在一起的。妈妈总会穿着白色睡袍走到阳台上。墙上爬满了西番莲，盛开着银白色带紫色条纹的花，花蕾又大又绿，其中一半是空心的，一半又是长满的。

假如我是一位画家，我将用浅黄、银白和绿色涂抹出这最初的印象。它们是浅黄色的百叶窗，碧波荡漾的大海和银白色的西番莲花。我将把它们画成球形和半透明的，画出卷曲的花瓣、贝壳和朦胧的物体，还将把它们画成弯曲的形状，能透出里面的光线，但没有清晰的轮廓。画面上每一样物体都很大但又模糊不清，能看见同时也能听见，声音将从花瓣或树叶中传出——完全不同于画面景物的声音。声音与画面与这第一印象同等重要。每当我想到那个清晨躺在床上的情景，我也同时听见高山上传来黑乌鸦的叫声。那声音犹如从凝滞的空气中穿过，不再有穿透力，不再显得那么尖厉和清脆。塔兰德庄园上方的空气仿佛托浮着那声音，让它缓缓地降下，好像被一层蓝色的薄纱粘住了。黑乌鸦的叫声与飞溅的浪花声汇合在一起"哗，哗——，哗，哗——"一声声拍打着海岸。我躺着恍恍惚惚，陶醉在难以言表的痴迷之中。

另一个回忆更强，是高度感官的体验——所有这些声音与色彩紧密结合的回忆都是在圣艾夫斯——它发生在稍后一段日子里，至今回想起来仍使我感到温暖，仿佛一切都那么和谐完美、生气勃勃；阳光明媚，各种香味扑面而来，万物自然地融为一体，这一切即使此刻想起来也使我止步凝神——正像我走向海滩时情不自禁地停下脚步，在山顶停下身来俯瞰山下的果园一样。果园散布在大路下方，树上挂满了苹果，都结在一人高的枝头处。果园里传来蜜蜂"嗡嗡"的叫声，鲜红、金灿灿的果实，一簇簇粉红色的花，银白色的树叶，蜂鸣、吟唱、色彩、芳香，所有这一切似乎都刺激着我的感官，不是挤压着它们，而是低吟着围绕着它们，正是这种满心的欢悦和迷恋令我停下身来去闻、去观赏和感叹。但是，我还是无法用语言来描述这种心情。这是一种极度的欢悦和迷恋的情感而不是先前那种心醉神迷般的惊喜。

这些图画——说它是图画不太恰当，因为画面总是与声音紧密地结合在一起——这些深刻印象带来的神奇力量使我又一次偏离了主题。在托儿所时去海滩路上的那一瞬间比现在任何时刻都更真实。我刚刚体验过这一点。起床后我走过花园，珀西正在芦笋花圃上松土，路易在卧室门前抖动着一张垫子。可是，我是从过去的画面中，从托儿所去海滩路上的画面中看到他们。间或，我能比今天早晨更完全地回到圣艾夫斯，就好像能亲临其境般地看到那儿发生的一切。我想，这就是回忆告诉了我那些早已忘却的事。因此，事情似乎单独地发生过，虽然我正在真正地做着这些事。心情舒畅时，忘却的往事会纷纷涌入心田。果真如此的话，此刻，它不正是这样的吗？我常常纳闷，我们强烈感受过的事情会在头脑中独立地存在，它们确实存在着吗？如果真是这样，人们迟早会发明某种方法来唤起记忆，这不会不可能吧？我看见它——往事——像一条林荫道在身后延伸，一条长长的景物与情感交织在一起的纽带，在这条林荫道的尽头依然是那果园和托儿所。不再忽而回想一个场景，忽而又听到一个声音，我将把记忆插入墙内，正如把收音机插入墙上电源插座一样，去收听往事。我将把调频拨回到1890年8月。我觉得强烈的情感一定是偏离了轨道；关键是我们怎样才能从头至尾地生活。

但是，这两个印象深刻的回忆的奇特之处都在于每一件事都是那么简单。我几乎忘却了自我，只知道感觉的存在，我自己只是那两种心醉神迷和欢欣喜悦感觉的容器而已。也许这就是所有童年往事的特点，它说明了记忆的力量所在。随后，我们加入了情感，使它变得更为复杂，因而少了些力度；或许力量没有减少，却不那么独立和完整了。可是，我不再分析这一点，而用下面这个事例来表达我的意思，那是我对客厅里一面镜子的感受。

塔兰德庄园的客厅里有一面小镜子，我记得它有一个壁架，上面放着一把刷子。踮着脚尖，我能从镜子里看到自己的脸。那时我大约六七岁，养成了照镜子的习惯。不过，只有当我独自一人时才会去照。我为此感到很害臊，一种强烈的罪孽感似乎自然而然地与这种行为联系在一起。可是为什么会这样呢？我想到一个明显的理由——瓦尼萨[1]和我都被叫作假小子，我们打板球、攀石山、爬树等等，一点儿也不顾及身上的衣服。因此，如被别人看见照镜子一定不符合我们假小子的形象。可是我觉得自己羞愧害臊的感觉越来越深，几乎有些像我的祖父——詹姆士爵士，有一次他抽了一支雪茄，很喜欢，就这样一下把它扔掉了，从此再也没

---

[1] 伍尔芙的姐姐。

有抽过。我几乎要想到是遗传了克拉彭教派那样，清教徒性格。不管怎样，照镜子时的羞怯持续了我整个一生，一直到假小子时期结束后很长的日子。至今，我们无法当众化妆，一切与服饰有关的事，如打扮，到房里试新衣，还会使我受到惊吓，至少觉得害羞，难为情，窘迫不安。"哦，快跑，像朱丽安·英雷尔那样，穿着新裙子满园子跑。"我回想起几年前在加森顿时的情景。朱丽安打开包裹，穿上了新裙子，欢快地像兔子一样跑来跑去。不过，在我们家里，女性魅力十分突出，我们都因漂亮而出名——我母亲的美貌，斯特拉[1]的俊秀，打我记事起就使我无比骄傲和快乐。那么什么会使我有这种羞愧的感觉，莫非我遗传了截然相反的天性吗？我父亲是斯巴达、清教徒般的禁欲主义者。我想他没有欣赏美景的情趣，不懂音乐，对词的音韵也毫无兴趣。这使我联想到我——不，应该说"我们"，如果我对瓦尼萨、索比[2]和艾德里安[3]有足够了解的话。但是，即使在亲兄妹之间，我们相互了解得却这样少——天生爱美的禀性定是被某种祖传的畏惧感压制住了。然而，这并没能阻止我满心喜悦时自然而强烈地流露出的情感。只要与我本人的身体部位无关，我就不会产生丝毫的羞愧和罪孽感。这样，我找出了被别人发现在厅里照镜子时羞愧不安的另一因素。我一定是对自己的身体害羞或害怕。关于客厅的另一个回忆也许有助于解释这一点，客厅门外挂着一块厚板，是用来放餐具的。在我还很年幼时，一天，杰拉尔德·达克沃思[4]把我

---

[1] 伍尔芙母亲与前夫之女。
[2] 伍尔芙的哥哥。
[3] 伍尔芙的弟弟。
[4] 伍尔芙母亲与前夫之子。

抱起来放在上面。我坐在板子上时，他开始掀开我的衣服摸我的身体。我清楚地记得他把手伸进我衣服里的感觉，缓慢而强硬，越来越往下移动。我记得当时多希望他停下来。当他的手伸向我的下身时，我变得僵硬，并不停扭动着，可他并没有停止，他的手摸到了那里。我记得当时多么愤恨、厌恶这种做法——对这无声的愤怒而又复杂的感情该用什么词才能表示呢？它一定是强有力的，因为对此我依然记忆犹新。它似乎发自对身体某部位深厚的感情，它们不应该被触摸，允许他人触摸是多么不应该。它是出自本能的呼喊。它表明弗吉尼亚·斯蒂芬不是生于1882年1月25日，而是生在千万年前，不得不最先接受万千女祖先们拥有的本能。

这一点不仅解决了我自身的困惑，也给先前的问题带来些启发。为什么对与事件有关的人物进行描述会如此困难呢？很明显，涉及的这个人物是极其复杂的。面对照镜子事件，虽然我竭尽全力要弄清为什么会对镜子中自己的脸而羞愧，却只能发现一些大概的原因，也许还存在其他原因，我不认为触及了本质。不过，这仅仅是发生在我个人身上的一个简单的事件，我不想为此说谎。尽管如此，人们写出所谓其他人的"生活"，也就是说，收集许多事件，但对事件所涉及的人物只字不提。让我在这里补充一个梦，因为它也许适用于照镜子事件。我梦见正在照镜子，突然一张令人恐怖的脸——一张动物的脸——出现在我肩膀上方。我不能肯定这是不是梦，或果真发生过此事。那天我照镜子时，背后有什么活动的东西在动吗？我不能肯定。但我总忘不了镜子里的那张脸，不知是梦还是现实，让我害怕极了。

那么，这就是我一些最初的记忆。当然，把它们作为我对生活的阐释未免会引入歧途，因为那些被遗忘的事也同等重要，也许更为重要。假如我能记得一整天的事，我一定能把它们描写下来，至少粗略地记下来，儿童时代的生活是怎么一种情形。不幸的是，一个人只能记住特殊的事，似乎又毫无理由说明为什么这件事特殊而那件事又不是。你也许会想，我为什么会忘记这么多该记住的，比我所记得的那些更有纪念意义的事呢？为什么记得去海滩果园里蜜蜂的嗡嗡声，而把父亲将我赤裸裸地抛进大海的情景忘得一干二净呢（斯旺尼克夫人说她亲眼看见的）？

也许把它作为对自己甚至其他人的心理活动的解释，这样想来难免有些离题。通常，我在写一本所谓的小说时，我总会因同样的问题而困惑不安；那就是，怎样描述我在个人速记中称为"死"的迷糊状况。每一天中，这种虽生犹死的迷糊状况都比清醒"生存"着的状况更多。就好比昨天，4月18日星期二，不是一个晴朗的好天吗？感觉格外"清醒"。阳光明媚，我很满意先前写的几页文字，描写罗杰带来的压力消除了。我走过米西尔山庄，沿着河边散步。河中浪花翻滚，我一向非常留意的乡间景色格外怡人，我看到一排排柳树，树干粗壮，柳枝在蓝天的映衬下显出淡绿、淡紫的色彩。我也满怀喜悦地读了乔叟的作品，兴趣盎然地翻了《费耶特夫人的回忆》。然而，这一个个清醒生存着的瞬间又混合在更多流失的时光中。我已记不得午饭时与伦纳德一起谈过什么，进茶点时的情景也忘得干干净净。虽然天气很好，这种美好被混杂在一堆堆难以理清的棉团中。事情总是如此，每一天的大部分时间是在不知不觉中度过，吃饭、散步观看、做该做的事；损坏的吸尘器；安排晚餐；给女仆梅布尔开列单子；洗衣、做饭；装订书籍。如果天气恶劣，糊涂度日的状况占的比例大得多。上星期我有些发烧，几乎一整天都处于恍恍惚惚的状况。真正的小说家无论如何都能够表达出这两种生存状况。我想简·奥斯丁能；特罗洛普能；也许萨克雷、狄更斯和托尔斯泰都能。而我却永远做不到两者兼顾。我在《夜与日》和《年月》中试过。不过，我要将文学这一方面暂且放一放。

那时，作为一个小女孩，我的日子正像现在这样，绝大多数时间像一团棉团在不知不觉中度过。在圣艾夫斯，时光一周又一周流水般逝去，平淡无奇。后来，我无缘无故突然明白了什么是强烈的心灵震撼，它发生得那么强烈使我终生难忘。我将以下面三件事情为例。第一件事：我和索比在草地上打起架来，相互挥舞着拳头。正当我举起拳头要揍他时，突然觉得为什么要伤害另一个人呢？我立刻放下了手臂，站在那儿让他打我。我忘不了那种感觉，那种绝望悲哀的感觉，好像我完全意识到某种可怕和自己的软弱无力。我独自一人悄悄地离去，心情无比沮丧。第二件事也发生在圣艾夫斯的花园里。我站在前门边观看花圃，说道："这是一个整体。"我正看着一株枝叶繁茂的花，突然之间，它好像对我解释道：花原本就属于大地，无底花盆围住了它，它仍然是真正的花，扎根泥土，与大地分隔不开。这一后来对我似乎非常有用的想法我没多考虑就把它抛开了。第三件事也发生在圣艾夫斯。一位人们称为瓦尔皮的先生曾住在那里，后来又离开了。一天晚上我们等着吃晚餐时，无意之间我突然听到父亲或是母亲说瓦尔皮先生自杀了。我记得晚上到花园苹果树下的小路上散步。我仿佛觉得这棵苹果树与瓦尔皮先生自杀的恐怖连在了一起，我不敢走过去。那是一个月光皎洁的夜晚，我站在那儿呆看着灰绿色皱巴巴的树皮，一阵毛骨悚然的恐怖使我处于恍惚之中，像是被拖倒了，痛苦绝望地被拖进了无底的深渊，再也没法逃脱，我全身如同瘫痪了一般。

这是三个极其不同寻常的时刻，我时常想到它们，或者倒不如说它们会突如其来地浮现在我脑海中，但是既然我已经首次把它们写了下来，我意识到以前从未意识到的问题。其中有两件事是以绝望结束的。另一件则相反，是心满意足。当我对花儿说"这是一个整体"。我觉得自己有了一个新发现，在我头脑中曾被抛开的东西，我应该去把它们找回来，反复思量和探寻。它使我突然意识到这是一种多么深切的差异。它首先是绝望与满足的差异，这种差异来自以下事实：我经受不了发现人们相互伤害时的痛苦感觉；经受不了得知我曾见过的人自杀身亡之后的痛苦感觉。这恐惧的感觉使我变得软弱无力。而在花的事件中我得出了一个判断，这样我就有能力经受这种感觉。我不是软弱无力，我的神志十分清醒——要是距离远一些多好——我应该及时对它做出判断。我不知道要是我当时年龄再大一些看到花时或经历另外两件事会怎样。我只知道许多这类特殊的瞬间会随之带来极端恐怖和体力上的崩溃，它们似乎占统治地位，而我总处于被动。这似乎暗示当一个人年纪大一些就会有更大的力量通过判断对事物做出解释，而合理的解释定会减轻遭到铁锤般重大打击时带来的痛苦。我想这是真的。因为我虽然仍会为这些突如其来的震惊而困惑不解，它们现在总是受欢迎的；经受了第一回惊吓之后，我总会在顷刻间体会到它们的特殊价值。于是我继续想到经受心灵震撼的能力正是使我成为作家的缘由。我斗胆提出这种解释，以我自身为例，用紧跟惊吓之后而来的强烈愿望去解释。我觉得受到一次打击，不过不是像小时候想的那样，只不过被躲在日常生活这棉团后的敌人打了一下，它是或将会变的某种法则的启示，是掩盖在表面之下真实事物的标志，我用词语把它变为真实。只有用词语描绘下来才能表现其完整性，这种完整意味着它已丧失了伤害我的力量。也许因为这样把极度恐怖的部分联系起来的做法使我解除了痛苦，从中得到了极大的乐趣。也许这是最令我心满意足的快乐。当我写作时，我似乎明白了事物的归类，弄清了事件的真实性，使人物得以完整，这多么令人欣喜。从中我理解到一种我称为哲学的道理。无论如何，这是我始终如一的观点。在那棉团后面隐藏着一个模式，我们——我指一切芸芸众生——都与它密切相关；这个完整的词语是一件艺术品，我们都是这艺术品的各个部分。哈姆雷特或一首贝多芬四重奏正是揭示我们称为世界的这巨大棉团的真相。但是，没有莎士比亚，没有贝多芬，当然也绝没有上帝；我们就是这台词，我们就是这音乐，我们就是事物本身。当我受到惊吓时，我明白了这一点。

我的直觉——这出自本能的直觉似乎是上天赐予，而不是后天养成——自从我在圣艾夫斯前门看见花圃里那朵花时，它就确切不疑地把鳞苞注入了我的生命。假如我要画一幅自画像，就必须找到某种能代表这种观念的标准。它证明一个人的生活，不会被禁锢在自己的体内和言谈举止中；人的一生都生活在与某种背景相关的标准或观念中。我的标准则是那团棉团后面隐藏着的模式。这种想法每一天都影响着我。我现在就可以证明，当我本该去散步，经营一家商店，或学会做点什么有用的事以备战争的来临，我却花整个上午写作。我觉得只有写作才是我唯一最需要做的事。

我认为一切艺术家都会这样想。这是生活中令人费解又从未被深入讨论过的一个方面。它几乎被排除在所有的传记和自传之外，甚至受到艺术家的冷落。为什么狄更斯花费整个一生创作小说呢？他的观点又是什么？我提到狄更斯也许是因为我眼下正在读他的《尼古拉斯·尼克乐贝》；也许因为昨天散步时，在背景的烘托下，清醒生存着的意识打动了我；莫非是我生活中儿童时代悄然无形的那一部分吗？当然，在这背景中还有人，很像狄更斯笔下的人物。要是可能，我可以用笔几下把它们勾画出来。狄更斯具有非凡的能力把这些人物塑造得栩栩如生，因为他在童年时就已看到他们，正如我早就看到了沃斯坦霍尔姆先生，C. B. 克莱克和吉布斯先生一样。

我提到上面三位先生是因为我还是个小孩时他们便都过世了。因此，他们绝不会改变。此刻，我看到他们仍和过去一模一样。沃斯坦霍尔姆先生是一位很老的绅士，每年夏天来和我们住在一起。他棕色皮肤，络腮胡子，胖胖的脸上一对小眼睛，成天蜷缩在一把咖啡色藤椅上，好像那是他的窝一样。他经常坐在这蜂窝一样的椅子上一边抽烟，一边看书。他唯一的特点就是吃李子馅饼时，果汁从鼻孔喷出，弄得花白胡须上全是果汁，这足以让我们乐个没完。我们叫他"羊毛老头"，这样做有失恭敬，我记得让我们要友善地对待他，因为他在自己家里并不快活。他很穷，可是有一次竟给了索比半个克朗。他有一个儿子在澳大利亚淹死了。我还知道他是一位了不起的数学家。我认识他的时候从没听他说过一句话，可他对于我仍然是一个完整的人物，一想起来就忍不住发笑。

吉布斯先生也许不那么简单。他系着蝴蝶结领圈，秃顶，瘦削的下颌满是皱纹，显得面慈眉善，整洁而严谨。他老让我父亲抱怨："你为什么还不走？为什么还不走？"他送给我和瓦尼萨两张白鼬皮，皮的中下方有一条缝隙，从中泄出银白色光来，给我们带来无尽的欢乐。我还记得他躺在床上要死了，声音嘶哑，穿着睡衣，看上去像雷茨施的画像。吉布斯先生在我眼中也是一个完整的人物，给我带来不少乐趣。

至于C.B.克莱克，他是一位老植物学家，他对我父亲说："你们这些年轻植物学家都喜欢开花的蕨类植物。"他有一位八十高龄还能去新森林散步的姨妈。这就是我关于这三位老先生所记得的一切。然而，他们又是多么真实！我们曾多开心地嘲笑他们！他们在我们的生活中产生了多么大的影响啊！

脑海中又浮现出另一个可笑的人，虽然想起她引发出阵阵怜悯之情。我在回忆着朱斯坦·诺农。她年纪很大，瘦骨嶙峋的长脸两旁披着几缕稀疏的头发。她是个驼背，走路时用细长枯瘦的手指顺着椅子摸索着移动，像蜗牛一样。大部分时间她都坐在炉火旁的扶手椅上。我常坐在她膝上，她的腿一上一下地抖动，一边用粗哑的嗓音哼唱着："隆，隆，隆，扑通，扑通，扑通——"然后她的膝盖一松，我就滚滑到地上。她是法国人，曾与萨克雷一家在一起，到我们家只是来拜访的。她独自一人住在牧羊镇，常给艾德里安带来一玻璃罐蜂蜜。我猜想她一定非常穷，带蜂蜜这事使我很不安，觉得她这样做无非是为了让自己的拜访能被接受。她还说："我是坐双驾马车来的。"——这是指红色公共马车。为这我也挺可怜她。还因为开始患气喘病，护士们都说她活不长了，不久她就死了。这就是我对她的全部了解；然而我还记得她，好像她还是一个活生生的、完整的人物，没有丝毫的遗漏，就像那三位老人一样。

# 忠实的朋友

我们花这么多金银购买动物并把它们称为自己的东西，这真是有点儿不合时宜且有几分蛮干的意味。人们会猜想，对于我们这种奇特的传统，默不作声的壁炉前的地毯评论家会作何议论——那神秘的波斯人，其祖先被膜拜为神之时，作为他们的主人和太太的我们，却将身子涂成蓝色还在洞穴中匍匐。她有着一大笔遗产的经历，这种经历似乎在她的眼中沉思着，它过于庄重，过于微妙，难以表露。我常常想，她在对我们这种后来的文明微笑，对朝代的兴衰记忆犹新。而在我们对待动物的司空见惯的方式中，也有着某种亵渎且带有几分轻蔑的成分。我们蓄意将野外弱小的生命加以迁移培育，使其在我们身边长大，既不那么纯朴，也非野性十足。在一只狗的眼睛里，人们或许会常常看到某种突然闪现的野性目光，就好像又变成了一只在其幼年时那荒凉之地四处觅食的野狗。我们何以蛮干将这些野生的生灵为了我们而抛弃了它们自己的本性，而最多只能稍事模仿？这是文明中一个优雅的罪恶，因为我们知道我们从其纯净的环境中带走的是何种野性的精灵却并不清楚，是谁呢？是潘，仙女还是德律阿得斯？[1]而只是将其训练为在喝茶时索取一块糖的宠物而已。

但在驯养我们失去的朋友沙格时，我并不觉得有这种罪恶感；它是一只善交际的狗，在人类世界中拥有亲密的同伴。我可以看到它在其俱乐部的弓形窗户前抽着雪茄，悠然自得地伸着腿，与同伴讨论着股市的最新消息。它的挚友从它那里也召唤不出什么浪漫或神秘的动物特性来，而这就使它能更好地仅仅成为人类的同伴。然而它到我们身边时，却带着某种十足的浪漫情调；其令人生畏的价格使买主在指出它的苏格兰长毛犬的头和身体，但又有着完全是苏格兰斯凯狗所特有的长毛短腿时，我们确信它是一只不亚于一般的斯凯狗，就像人类贵族的奥布赖恩和奥康·唐家族一样显赫的族长。整个斯凯狗家族，即继承了父辈秉性的家族，已经不知何故从这个世界上被清除了；而沙格这只拥有真正斯凯狗家族血统的唯一后裔，仍然待在朦胧的诺福克村庄里，是一位出身低微的铁匠的财产。而这位铁匠却高谈其至高无上的忠诚，强调其显赫的血统，最终使我们倍感荣幸地花了一笔大价钱把它买了下来。它实在是了不起的绅士，难以参与剿灭老鼠的庶民工作，而这却是它通常被要求干的事儿，不过我们，也感到它对家庭增加了几许尊敬。在限制法毫无必要地颁布了如此之久后，不对那些因其门第而忽略自己的中产阶层的狗加以惩罚，沙格是极少外出散步的，我们只好在它高贵的下巴上套上口笼。在它步入中年之后，它

---

[1] 潘（Pan），希腊神话中的畜牧神；仙女（Nymph），希腊神话中住在山林水泽边的仙女；德律阿得斯（Dryad），希腊神话中的树仙。

变得相当我行我素，不仅对它的同类施之独裁，而且对我们，它的主人和太太的我们，也不放在眼里，我们只好把自己称作它的叔叔和姨妈，尽管就沙格而言，这种称呼荒谬可笑。只有唯一的一次，它认为有必要将其不愉快在人类肉体上留下处罚的印记。那是一位来访者轻率地将它视为一只一般的宠物并用糖逗它，而且用下贱的"肥豆"而不用它的名字来称呼它。沙格于是以其个性对糖块断然拒绝而在那人的腿肚上咬了一大口。但是倘若它觉得受到了一定的尊敬，它就会成为最为忠实的朋友。它并不外露；其日渐减退的视力却并不影响它识别主人的面孔，其渐聋的听力也依然使它能辨别出主人的声音。

家里对沙格生命中的邪恶精神的了解是由于一只逗人喜爱的牧羊犬宠物，这东西尽管出身不凡，但却令人遗憾地少了这条尾巴，对此，沙格的表情难以掩饰。我们自欺欺人地认为，这小狗或许可以接替老沙格儿子的位置，而且它们还和睦相处了一段时间。然而沙格却对社会的优雅举止嗤之以鼻，它以诚实和自立的可信赖的品质树立在我们心中的地位；而这宠物却是一只有着相当魅力的年轻绅士，尽管我们尽可能地公平对待它们，可沙格总是感到这小字辈获取了我们的青睐。这时我看到它似乎以某种羞愧的方式抬起那僵硬的老爪让我握，而这正是那小狗最为成功的把戏。这使我差点儿掉下泪来。尽管我在笑，可自己不禁想到了那年迈的李尔王[1]。沙格上了年纪，它难以学到什么新的优雅举止；它不能位居第二，因而决定这事只能用武力来解决。日见加剧的对峙持续了几周以后，战斗

---

[1] 李尔王，莎士比亚戏剧《李尔王》中的人物。

开始了；它们雪白的牙齿闪闪发光，扑向对方——沙格为侵略者——在草地上翻滚着，在相互的抓扯中难以脱身。我们最后将它们分开时，它们的鲜血流淌着，卷毛飞扬着，两条狗均留下了伤痕。这之后和平是不可能了，它们相见只是咆哮较劲；问题是，谁是征服者？谁该留下谁又该走呢？我们采取的决定是卑劣的，不公正的，但或许是有理由的。我们认为这老狗有过它的好时光，它得让位给年轻的一代。就这样，沙格退了位，被送到牧师草地附近的一家显贵的寡妇家中，而那只年轻的狗则取代了它的统治地位。多年之后，我们再也没有见过这位在我们年轻时熟知我们的老朋友，然而在暑假中，它却在我们不在时又来到了这所房子，与看门人待在一起。时光就这样流逝着直到最后一年，我们全然不知，这一年也就是沙格生命最后的一年。一个冬日的夜晚，一个病痛和焦虑的日子，一条狗的叫声不断传来，这叫声来自一条等待进屋的狗，它就在我们的厨房外面。这叫声已多年没有听到过了，当时的厨房里只有一个人还认得它。她打开房门，沙格走了进来，它差不多完全成了瞎子和聋子，就像它多年以前走进时一样，毫不东张西望，径直走到壁炉边的老位置，蜷缩着悄然睡下。若是那位霸占者瞧见了沙格，它就会愧疚地溜走，因为它已不能再为其权利而战斗了。我们绝不会知道——这是我们不会得知的许多事情之一，使沙格从其居住多年的地方又出来寻找它主人房子那熟悉的台阶，是奇特记忆的波动还是同情的本能？不幸的是，沙格是住在老房子的最后一位，因为就在通往花园的十字路口，就是沙格还是宠物时第一次被带出散步的那个花园，它在那里咬了其他所有的狗还吓坏了婴儿车里所有的孩子，就在那

174

里，它遭遇了死亡。这只又瞎又聋的狗既没有看到也没有听到载客马车的声音；车轮从它身上碾过并立即结束了一个不可能持续幸福的生命。与其死在毒气屠宰场或被毒死在马厩里，还不如就这样死在外面的车轮和马蹄之下。

我们只好向一位亲密而忠实的朋友告别，我们会记住它的美德，狗没有什么过错。

# 黑夜之行

　　在到达圣艾夫斯湾西部一个称作特雷维尔的低洼山谷地带时，秋日的雾霭在我们一行人打道回府之前已经降临。苍茫暮色中的景观壮丽依然，使人不禁屏息凝眸。巨大的山峰像一排庄严肃穆的队列伸向海洋，面对着黑夜和大西洋的波涛，好像怀有某种自觉的神圣目的，要再一次执行某种永恒的使命。远处的灯塔不时发出道道金光，穿过层层雾霭将岩石的狰狞不时闪现出来。这景观明确无误地表明了天色已晚，我们还有六七英里路程得用双脚迈回去；而且周围已十分昏暗，我们得小心翼翼以免走上岔路。果然，不出半小时，连我们脚下的白色路面也竟像雾气一般漂浮起来，我们小心挪动着，就好像用脚在探寻着地面。相隔几码处的人影晃了晃就会消失，仿佛是被黑夜的波涛吞没了，而他的声音却好像是从幽深的远方传出来的一样。尽管我们都靠得很近，而且尽量热烈讨论着以抵御黑暗，但我们的嗓音听起来却极不自然，最雄辩的说理也缺乏力度；我们不知不觉地就扯到了与幽暗阴森的场所相适合的话题上。

　　在这些频频到来的沉默当中，身边行走的人似乎与黑夜已融为一体，已不复存在；你只是一人独自孤行，感受着周围黑暗的压力，也感到与之抗衡的力量随之一点一点地在缩小；感到在地上前行的躯体已成为某种与心灵分离的东西，似乎昏昏然地漂浮着。甚至这条路也留在了身后，我们踏着——如果一个表示我们白天穿越田野明确动作的词可以用来形容我们现在这么模糊不清的步伐的话——是无路可寻的黑夜的海洋。最好不时地试探脚下的地面，以便确切证实它的实体。我们的眼睛和耳朵都紧紧封闭着，换言之，由于承受着某种不可触摸的压力，它们已经变得麻木不仁，所以当下面有几许光亮时，我们还得费劲才能加以识别。是真的犹如白昼一般看到了光亮，还是头脑中出现的某种幻象，就像眼睛挨打后出现的金星？而它们就悬浮在那儿。没有锚加以固定，就在我们下面黑暗而柔和的深渊之中；我们的双眼刚一证实它们确实是存在的，大脑就清醒过来并勾勒出这一世界得以具体存在的草图。肯定有一座小山，山下有一个小镇，公路犹如我们记忆中的蜿蜒其间；数盏灯火就可以使这个漂浮的世界凝固下来成为实体。我们朝圣当中最奇特的部分已经结束，因为某种可以看到的东西已经出现了；我们的眼前已有了证明。而且我们感到已经走在一条公路上，走起来也更加自如。下面也有着人类，尽管他们同白昼的人不太一样。突然，我们身旁燃起了一团光亮，就在我们看到这团靠近我们的光亮时，又传来一阵嘎吱作响的车轮声，一个驾着一辆马车的人闪现在我们眼前；可是光亮一闪就不见了，车轮声随之也消失了；他并没有听到我们的声音。就好像种种突然闪现的景象一样，我们发现自己已置身于一家农舍的院中，悬挂在那里的一盏风灯将摇晃不定的光束照亮了一群牛，也映照出我们一部分沉浸未显的身影。农夫向我们道晚安的声音就像一只有力的手抓住了我们，将我们拉回到这一世界的边沿，然而再跨了两步，黑暗和寂静的洪流再一次吞没了我们。好在我们身旁又出现了一些光亮，它们就像航行之中的船上灯火一样无声地靠近了我们，这正是我们在山顶上看到的灯火。山村寂静，但还没有沉睡，似乎依然瞪着眼躺在那里与黑暗抗争着；我们可以分辨出靠在屋墙的一些身影，这些男人显然忍受不了窗外黑夜的重压，必须出来在黑暗之中伸展着他们的胳膊。在四周黑暗的巨浪中，这些灯火是多么柔弱！漂浮在汪洋中的船，孤独无靠，而这座停靠在荒凉大地上的小小村落，每一个晚上都面对着深不可测的黑暗海洋，则更为孤寂凄凉。

然而一旦习惯了这种奇异的栖息之地，人们就会发现其中无与伦比的宁静与美。似乎只有实体的幻影和精灵存在着；山峦之地变成了漂浮的云。房屋成了闪烁的火光。眼睛在黑夜的深渊里沐浴着，休整着，不与任何现实的粗糙外表相摩擦；拥有无尽琐细之物的大地已经与模糊的空间融为一体。对这些格外休整过的双眼而言，屋墙是如此狭小，灯火是如此刺眼；我们犹如被捕获并被囚禁在鸟笼中的小鸟一般，又得以展翅高飞。

# 安达卢西亚[1]客店

客店老板的道德感显然带有几分邪气且又无甚恶意，这种道德感是伴随在忠厚的名义之下的。而我们将不得不在安达卢西亚一个小镇上留宿，询问有无什么好地方歇息一晚时，我们被确切地告之，那儿的旅店并不逊色。那种地方当然与我们现在所待的这种宫殿一般的豪华建筑难以相比，但总还是有过得去的二流旅馆，我们可以在那儿睡上最干净的床，会相当舒适。火车在乡间不紧不慢地行驶了漫长的一天之后，终于在晚上九点半停在了一个站上并声言已无意继续前行了，这时旅馆老板响在耳边的话多少使我们有几分宽慰。在旅途的最后一站，当通常的晚餐时间已过而我们还未就餐，当油灯里的灯芯——它的一生都是不幸的——已自尽身亡时，我们就觉得应当有所满足了，只是在想介绍给我们的那些话，而那家过得去的二流旅店便成了我们生活中最为渴求的目标。我们会在那里受到诚挚的欢迎；我们想象着客店老板和老板娘上来迎接我们，抢过我们的大小行囊，上下奔忙地为我们准备房间，并忙着杀鸡宰鸭为我们准备晚餐的情景。为这一晚在整洁舒适的被褥里的好觉，为简单但可口的晚餐和早上

---

[1] 安达卢西亚，西班牙南部一地区。

动身前的精美的早点，他们仅会要我们付少得荒唐的店钱。我们会感到，对于如此殷勤的款待，银钱是相当俗气的，而在我们国家客店老板早已消失的美德，却还在西班牙长盛不衰。

我们就在火车驶进车站之前一直这样浮想联翩着，我们所有的颠簸劳累都会在车站得到补偿。但当我们发现，车站脚夫们在看到两个带着笨重行李的人在这么晚下到站台时的吃惊神色，不免有些不安起来。他们自然围了上来盯着我们，在我们费劲用西班牙语表示想找一家客店时，他们不知所云地张大了嘴巴。会话手册里的句子与博物馆里灭绝的怪兽在本质上颇为相似，只有受过专门训练的人才能讲清它与现存动物的关系。而这事立即就清楚了，我们的标本是业已灭绝的种类，更有甚者，我们产生了一种可怕的疑虑，其本质恐怕不仅是我们的句子，而且就连我们问题本身，他们也没弄明白。在一大堆西班牙语、法语，以及英语毫无结果的撞击之后，这些本地人终于如梦初醒，我们并不讲他们的语言，于是就竭力和我们打起手势来。不久出现了一位自称会讲法语的官员。于是我们想找客店的愿望被喜出望外地翻译成了这一语言。这位翻译说："火车今晚不再往前开了。""我们知道，所以想在这儿过一夜。"我们说道。"明天早上五点半。""但是，今晚，一家客店！"我们坚持道。这位自称讲法语的官员无奈之中找出一支铅笔并写下两个又黑又大的五和三十的数字。我们耸耸肩，先用法语然后用三种不同的西班牙语大声喊"旅馆"这个词。这时周围的人已越围越多，都在七嘴八舌地为左右的人充当翻译。我们于是想到一本一直未丢下的西班牙语词典，找到英语词"旅馆"的西班牙语同义词后，我们用食指点着这个词。许多头尽量往这儿伸着，困惑地凝视着词典所指点的地方，这位翻译突然灵机一动，他并不理会我们所指的那个词，而是在S部和Z部中狂翻着他自己的词。我们帮他翻到词典的西班牙语部分，耐心地让他继续寻找，可仍是毫无结果。与此同时，我们不断念叨着那个词，期望它能碰巧落在这片肥沃的土地之上。每说一次，人群中就会升腾起一阵悦耳的西班牙语的嗡嗡声；最后当我们试图用雨伞画出一个旅店时，一位矮小的老人挤到了我们面前。对于我们难以避免的问题，他的回答是将手放在胸前并深深地鞠了一躬。我们连续问了他三次，他均以同样的方式加以回答，就好像在他一人身上集中了一切我们所需要的品质一样。众人的舆论也好像是我们应当将他作为晚餐和过夜的代表，而对于我们最后几次发出西班牙语"客店"的尝试，回答却都是指向他的手。为了解决这件事，他抓住我们的胳膊把我们拉出了火车站，来到一片硕大明月照耀下的沙荒地的边缘，上面长满了芦苇。此地一边是陡峭的小山，上面有一座摩尔式的城堡，而在稍远处的另一边则可看到一所孤零零的农舍。显然只能在这两者之间进行选择，而两者均与我们所期望的相去甚远。我们不由得对这位老人加以审视，所幸的是，他既年迈又矮小。而我们的疑虑不久就被打消了，因为很显然，那白色的农舍就将成为我们过夜的地方，格兰纳达那家旅馆的老板也显然有着其艺术家般的想象力。我们被带进有一盏油灯的房间，里面好几个男女围着火在边喝边聊。此时他们停了下来对我们悠闲地打量着，我们被带到前厅，即这间使农舍有了与"客店"一词相称的房间。里面有一张床，一张可当作门的帆布帘，可梳洗的水——除非我们想保持这一可敬的滑稽样，以及需要照明时的蜡烛。但食物肯定得上车站去找；我们也极愿意再出去呼吸一下新鲜空气。时至11点钟，我们对观赏西班牙的荒漠、摩尔式的城堡已感到疲倦，对那位能说法语，却不知道必须懂得这门语言才是关键的先生的谈话也感到腻烦，于是我们返回到这个客店并开始了无疑会令人疲惫不堪的熬夜。那伙人坐到很晚并高声交谈。激烈的西班牙语不时穿过帆布帘传了进来，而且好像是有关我们的话题。在这种情况下，西班牙语听上去是一种凶狠且血腥的语言。到了半夜，我们那位矮小的老友把手放在胸前不停地鞠躬的形象已变成了一副邪恶的样子；这时我们想起了他那不祥的沉默并固执地要将我们的行李分开置放的决定。我们在想，厚道的乡下人这时早该上床睡觉了。我们所能采取的唯一的防范措施就是用屋里唯一的一把椅子的后腿靠在门上。这对我们无疑有着某种奇妙的镇静作用，因为就在采取了如此措施以防我们所预料的谋杀行动之后，我们居然和衣睡着了，而且在睡梦中还找到了那个"客店"的西班牙语一词。

直到清晨四点的一声响才把我们惊醒，这肯定是对门的一次袭击所发出的声响；而当我们小心翼翼地朝外观望时，除了一个提着羊奶桶的农妇之外，并未见到有什么歹人。

第六部分

评论音乐、歌剧等多种艺术

# 笑之价值

　　那种陈旧的观念认为，喜剧再现了人性的弱点，而悲剧则又对其加以了拔高。人们为了求真似乎就必须在这两者之间采取一种中庸的方式，其结果却是某种过于严肃而非喜剧、过于欠缺而非悲剧的东西，即我们或许可以称之为幽默的东西。我们历来被告之，女人是与幽默无缘的。她们可能是悲剧性的，也可能是喜剧性的，但幽默者所特有的独特之处却只能在男人身上发现。然而，要对此进行验证却是危险的，即便一位男性杂耍高手在拒绝了其姐妹的支点去平衡自己的身体，同时又想竭力获取幽默的视点时，也往往会极不光彩地失手翻下来，他要么插科打诨，要么摔在极为普通的硬地上，说句公道话，他在这里才是轻松自如的。或许作为必不可少的悲剧并不像莎士比亚时代那么普遍，因而现在就得有一个摈弃鲜血和匕首、至多戴着烟囱管帽和长外套的体面的替代物。我们或许可以把这称作是庄严的精神，倘若精神也有性别的话，它无疑隶属于男性。而喜剧是美慧三女神和缪斯[1]的性别，而当那位庄严的绅士前来表示敬意时，这位喜剧精神

---

　　[1]　美慧三女神，希腊神话中象征光辉、喜悦和繁荣的三姊妹女神。缪斯，希腊神话中掌管文艺和音乐的女神。

看着笑着，再看看，直到不由自主地大笑起来，然后飞跑过去把欢乐藏在她姐妹的怀抱里。因而，幽默是极难降临到尘世的，喜剧得为此苦战。纯粹的笑，诸如我们从孩子以及蠢妇唇齿那里所听到的笑声，则是声名狼藉的。这种声音既不是由知识也非是情感所激起的，所以被认为是愚蠢而无聊的笑声。它毫无意思，也不传递信息；它犹如狗叫羊咩一样，含混不清，有损创造了一门语言来表达自身的一个种族的尊严。

　　然而也存在着某种超越词汇却又不在其之下的东西，笑声就是其中之一。因为笑声虽然也是含混不清的，但却是任何动物均难以发出的声音。倘若壁炉前地毯上的狗发出痛苦的呻吟或欢快的叫声，我们可以辨别出它的含义，但是它若是发出笑声又会怎么样呢？倘若你走进房间时，它不是用舌头或尾巴来表示见到主人时那种理所当然的欢乐，而是突然发出咯咯的笑声，龇牙咧嘴，摇晃着两肋，表露出所有特别欢乐的常见姿态时，又会怎么样呢？你的感觉肯定是退缩和恐惧，就好像动物嘴里发出了人的声音一样。我们也难以想象较之我们更高级的生物的笑声；笑声似乎仅仅属于男人和女人。笑声是我们内心喜剧精神的表露，喜剧精神关注的是与认定模式相左的奇妙事物以及反常的行为。它在突如其来的笑声——对此我们难以知道为什么且何时会产生的同时，做出了自身的评注。如果我们费时去思考，去分析喜剧精神所特有的感受，我们无疑会发现，表面是喜剧的东西在根本上却是悲剧性的，尽管微笑还挂在我们嘴上，但泪水却已流溢在眼帘。依据班扬[1]之言，这已被视为是幽默的界定；但喜剧的笑声却并非是眼泪的包袱。与此同时，尽管笑声的价值与真正的幽默相比，其职责要小一些，但其在生活和艺术中的作用却不能估计过高。幽默有着其最高的高度；而最为罕见的心灵独自就能攀上顶端，从上面可以俯瞰到整个生活的全景；但是喜剧却在公路上穿行着，思考着偶然和琐碎的事，从其小小的反光镜上看着所有路人的过失及与众不同之处。笑声比任何东西都更能使我们保持某种平衡感；它总是在提醒着我们，我们都是凡人，没有人是完全的英雄或十足的恶棍。我们一旦忘记了笑，事物在我们眼前就会不成比例，而且我们的现实感也会失去。狗幸好不会笑，不然的话，它就会意识到自己作为狗的可怕限制。男女众生位于文明阶梯的高度，其位置恰好被赋予了解自身弱点并对其加以嘲笑的能力。然而我们有着丧失这宝贵特权的危险，或有着因为大量粗制滥造的知识将其从我们的胸中挤压出去的危险。

为了能够嘲笑一个人，你得首先看到他的真面孔。他所有的财富、地位以及学识不过是一种肤浅的积累，不能让这些东西损害触及要害的喜剧精神的锋刃。孩子较之成人往往更能洞悉男人，这是常有的事；而我则相信，即便在最后审判日，女人对于性格的裁决也不会被撤销。因此，女人和孩子是喜剧精神的要臣，这是因为她们的眼睛还没有被学识所遮掩，她们的头脑还没有被书本理论所窒息，所以在她们眼中，男人和事物还保持着他们原有的清晰轮廓。所有那些在我们现代生活中蔓延滋长的丑陋毒

---

[1] 班扬（John Bunyan，1628—1688），英国散文作家，代表作为《天路历程》。

瘤、浮华、惯例以及无聊的庄重，所害怕的不过是一阵笑声，这笑声犹如一道闪电使其即刻枯萎并只留下赤裸的光骨。正是因为她们的笑声拥有这样的特质，所以那些虚假做作之人才害怕孩子，兴许出于同一理由，女人们在知识界才倍受冷落。危险就在于她们可能会发出笑声，就像安徒生童话里的孩子道出国王是赤身裸体的，而那些长者却对并不存在的华丽服饰顶礼膜拜着。犹如在生活中一样，艺术中所有最为糟糕的败笔均是由于缺乏平衡所造成的，而两者的倾向都是过于严肃。我们伟大的作家犹如盛开的紫色鲜花一般步入了瑰丽的时期；二流作家们增加着形容词沉浸在感伤主义之中，在更为次等的作家那里，这种感伤主义则成了耸人听闻的招贴与闹剧。较之参加婚礼和庆典，我们更愿意出席葬礼和探望病人，因为我们难以摆脱心中的信念：泪水中含有某种善德，黑衣在任何场合都是最为得体的。确实没有任何东西像笑声那样不可言喻，也没有任何品质比它更有价值。它是一把双刃剑，既剪裁又培育，赋予了我们的行为、口语和书面语一种对称和真诚。

# 街头音乐

　　"这帮街头音乐艺人实在讨厌"，伦敦各广场的大多数坦率的居民都这样认为，他们还费神把一条简短的对此音乐的批评标在了维护广场安宁和设施的告示牌上。然而，艺术家们对此却毫不在意，街头艺人们对英国公众的这种评判嗤之以鼻。值得一提的是，尽管有我所说的这些抵制因素，有时还有警察的干预，但说起来这些音乐艺人还在增加。德国乐队的每周演奏和"女王府第乐团"一样有规律；意大利风琴演奏家对其听众也是忠实可信，他们会准时出现在同一平台上；除了这些令人熟悉的乐师外，街上还不时有流浪艺人的造访。这些强悍的条顿人和黝黑的意大利人肯定靠着某种较之艺术对心灵的满足更为实质性东西而生存着；因而他们在广场的台阶上得到的赏钱，可能就是那些有损于音乐的真正爱好者的尊严从客厅窗户扔出来的硬币。简言之，总有那么一批愿意为这种粗糙的旋律而付钱的听众。

　　要在街头引人留步的音乐首先是大音量，其次才是悦耳动听，所以铜管乐器最为理想。然而人们也会懂得，运用自己的嗓音或小提琴的街头艺人之所以这样做必定有其理由。我曾见到在舰队街人行道上摇晃着的小提琴手，他们显然是在用乐器表述着自己内心的某种东西；而那些硬币虽然能被衣着褴褛之士所接受，但对于所有热爱工作的人来说，这种工钱显然是极不协调的。我曾经尾随过一个衣着破烂的老人，他闭着双眼以使自己更好地沉浸在灵魂的旋律中，在一种音乐的迷狂之中他从肯星顿一直演奏到骑士桥，其间一个硬币无疑会是一个相当令人难受的唤醒。不尊重内心有着如此神灵的人简直是不可能的；因为占据灵魂而使人忘却衣不遮体，食不果腹的音乐，就其本质来说必定是神圣的。其苦苦发出的琴声本身确实是可笑的，然而他本人却一点儿也不可笑。不论其成就如何，我们都不可小视那些竭力真诚地表达着内心旋律的人；因为天赋的概念较之表达的天赋无疑要优越一些，在车水马龙中间吹拉着乐器，奏着从未出现的和声的男男女女，犹如以肤浅的雄辩在迷惑千百听众的大人物一般，尽管这销蚀的乐声使其难以继响。这样推测并非是毫无道理的。

各个广场的居民将街头音乐艺人视为讨厌的一帮人或许有诸种理由；其音乐干扰了合法住户，这些流浪艺人及这一职业的异端本性使其按部就班的心态不得安宁。各类艺术家均受到蔑视，特别是受到英国人的轻视。这不仅是艺术家们气质上的怪癖，而且是因为我们已将自己培育到了如此完美的文明层次之上，乃至任何表演都总有某种不得体的且肯定是有问题的东西存在。人们看到，极少有父母愿意让他们的儿子成为画家、诗人或音乐家，这不仅是出自世俗的理由，而且在他们的心目中，艺术所表达的思想和情感是柔弱的，而好的公民则应当对其加以抑制。在这种情况下，艺术肯定是得不到倡导的；较之其他任何一门职业来，艺术家或许更容易沦落到人行道上去。这些艺术家不仅受到轻蔑而且受到明目张胆的怀疑。他们由某种常人难以理解的精神所支撑着，但是这一精神显然异常强劲并对其影响巨大，以至于他们一听到这声音就会情不自禁地随之而去。

人们现在不那么容易轻信他人了，虽然他们对艺术家的出现感到不快，然而还是在尽力使其驯服。那些成功的艺术家们从未受到今天这般礼遇；或许这可以视为许多人曾经预言过的某种信号，即当第一座基督祭坛建成时被放逐的神灵还将回来重享欢乐。许多作家曾尝试过追寻这些远古的异教徒，他们还言明在伪装的动物以及遥远的群山丛林深处找到了他们；可以想象，倘若人人都在搜寻着他们，而他们却就在我们当中施展着魅力；倘若认为这些奇特的异教徒所遵照的是神灵的旨意，他们由传入耳中非人类的声音所激励，即神灵或派到地球上的牧师及先知的声音，这种想法亦在情理之中。无论如何，我是赞同将神的渊源归于音乐家身上的，或许正是出于这类猜疑才使人们犹如今天这样去迫害他们。因为，要是缠绕在一起的文字，这些总可能给心灵传达某种有用的信息的文字；要是颜料的堆砌，这些总可能表现某种实在客体的色彩，不过是可以容忍的工具性采用，那么我们又将如何去看待那些把时间花在作曲上的人呢？在这三者当中，其职业是最不受尊敬，最无用且最不需要的吗？即便你花了一整天时间去听音乐，你也可能得不到任何实用性的东西。然而音乐家却并非只是一种有益的生物，我相信，对许多人而言，他们是整个艺术部落中最为危险的人。他是所有神灵中最为狂放一族的首领，他还没有学会用人类的声音说话，学会向心灵传达人类的相似物。正是因为音乐在我们心中激起了某种犹如音乐本身的狂野与非人性的东西，即某种我们极愿压抑并忘却的精灵，我们才如此不信任音乐家且极不情愿地将自己置于他们的力量之下。所谓文明就是量力而行并使这种能力处于完美的约束之中；然而就我们所知，我们的天赋之一却拥有如此少的慈爱，如此毫无约束的伤害力，以至于我们非但没有去培育它，反而竭尽全力去残害并窒息它。我们就像基督徒看待对某种东方偶像的盲目崇拜者那样看待那些将生命奉献给这一神灵的人。这种态度也许是出自某种不安的预示，当异教神灵返回时，那个从未受到膜拜的神灵将对我们进行报复。而正是音乐之神会将疯狂吹进我们的大脑，击碎我们神殿之墙，驱使我们去憎恨自己毫无韵律的生活，并在他的旨意之下永无休止地旋转着舞步。

那些声称没有音乐细胞的人，其数量正在增加，这些人就好像在坦言自己免除了某种人类常见的弱点一样，尽管这种坦言应当像承认自己是色盲一样严重。牧师传授并表演音乐的方式在某种程度上必须对此负责。就我们所知，音乐是危险的，而那里传授音乐的人却没有勇气以音乐本身的力量来传授它，他们是怕孩子在喝了一剂这样的毒药之后可能会发生的一切。节奏与和声犹如干枯的花朵一样被压缩在截然划分的音阶之中，压缩在钢琴的乐音和半乐音之中。音乐当中最安全最容易的属性——曲调是教给了孩子，而作为其灵魂的节奏却像长了翅膀的精灵一样逃逸了。于是，那些学过这种安全音乐的绅士就是那些常常夸口需要音乐的人，而那些无教养之人，其节奏感从未受到损害的人，或并不只是附属于乐感之人，则是挚爱着音乐并勤奋创作音乐之人。

或许，节奏感在那些未被精心训练去追求其他事物的人的心中，确实要强烈得多，这就像没有任何文明艺术的野人在对音乐本身做出反应之前，对节奏是极为敏感的道理一样。心灵中的节奏犹如体内脉搏的跳动；因而有不少人虽然对曲调一窍不通，但却无人敷衍，以至于听不到自己心灵的语言、音乐和运动的节奏。这是因为节奏是我们生来所具有的，所以我们绝不可能使音乐沉寂，犹如我们难以使心脏停止跳动一样；正是出于这一理由，音乐才拥有如此普遍的意义，才拥有如此神奇且无限的自然力。

尽管我们业已对音乐进行了种种抑制，然而每当我们沉浸在音乐中的时候，它依然对我们充满了力量，而无论多么美妙的图画或多么庄重的文字均不及音乐对我们的感染力。一屋子文明人在乐队的伴奏下踏着节拍移动是我们已经习惯的奇特景象，但是有一天，它也许会表明隐含在节奏力量中的巨大可能性，这就像人类首次意识到蒸汽的力量一样，而我们的全部生活都将随之发生彻底的变化。例如，手摇风琴以其粗犷和强烈的节奏，能使所有的行人及时调整他们的步伐；一支管乐队在车水马龙的中心地带会比警察更加有效，不仅车夫，就连马匹都会情不自禁地踏着舞蹈的节拍，随着喇叭的指示或慢或快。这一原理业已被军队所认识，部队就是受到音乐的鼓舞而踏着节拍走上战场的。而当节奏感在每一个心中都完全复苏时，要是我没有搞错，我们不仅将看到日常有序的生活中会产生极大的改观，而且这种变化也会出现在写作艺术之中，因为写作艺术与音乐艺术差不多是联姻的，只不过由于它忘却了这种联姻而明显地退化了。我们应当创造或回忆起那无尽的，却又一直受到我们糟蹋的节拍来，这节拍会将诗歌与散文复苏为祖辈所听到和观察到的和声。

节奏本身极易显得过分；然而当其秘密进入耳膜，曲调与和声就会与之融为一体，那些踏着节拍的准确动作也会随着自然的旋律而完成。例如，会话不仅遵循着我们节奏感所要求的停顿法则，而且也会受到慈善、爱恋与智慧的激励，而发怒或嘲讽对于人耳来说，则如听到可怕的噪音或走调一样。大家都很清楚，在听过一支美妙的乐曲之后，朋友们的声音就显得十分不协调，这是因为这种声音扰乱了节奏和声的回音，而此刻的回音正是使生活成为一个音乐般的整体；似乎考虑到这一点，空中才有着音乐，人们才竖起耳朵倾听，而伟大音乐家得以保存的乐谱才使其中一部分为我们所聆听到。在密林和荒漠之处，专注的耳朵可以察觉到某种事物的巨大脉搏，倘若我们的耳朵训练有素，我们或许会听到伴随着脉搏的音乐。尽管这并非是人类之声，然而，只要我们倾听，却是我们中的一些人得以理解的声音。也许音乐正是自然之音，它才是人类所从事的唯一的，永远不能卑劣和丑陋的创造物。

因此，如若要取代图书馆的话，慈善家们就会免费将音乐赋予穷人，以便人们在每个街角都能听到贝多芬、勃拉姆斯和莫扎特的旋律，或许所有的犯罪和争吵会随之消失，而手工与思想则将随着音乐的法则而优雅地流动。届时，若不将街头音乐艺人或任何阐释神灵声音之人视为圣人，就会是一种犯罪，而我们的生活则将在音乐之声中循环于黎明与黄昏之间。

# 歌　剧

　　歌剧时节已经来临，几个星期来，人们一直在讨论供挑选的节目单。当然，大家都不满意；但是若要符合众人的口味，就只有每人的想法相同才行。因而，格兰特歌剧院联合体只得将各种不同的品味加以考虑，其节目单所表明的那种模糊心态就暗示出了公共口味的多样性。我们将从格鲁克[1]的《阿尔密德》和威尔第[2]的《茶花女》，瓦格纳[3]的《女武神》和德彪西[4]的《佩利亚斯与梅丽桑德》之中做出选择。在这类建议中，我们或许可以依据这类时尚将公众分成几种不同的群体。一些人偏爱《茶花女》而非《女武神》；而有一些人就根本不赞成歌剧，然而具有讽刺意味的是，他们却为了自己称之为价值不高的东西去看歌剧；还有第三类人则将格鲁克和瓦格纳加以对立。

　　最后一种不同的意见最值得讨论，因为双方对歌剧均是认真

---

　　[1]　格鲁克（Christoph Willibald von Gluck，1714—1787），德国作曲家，倡导歌剧革新，对西方歌剧发展影响极大。

　　[2]　威尔第（Giuseppe Verdi，1813—1901），意大利歌剧作曲家。

　　[3]　瓦格纳（Richard Wagner，1813—1883），德国作曲家，毕生致力于歌剧的改革与创新。

　　[4]　德彪西（Claude Debussy，1862—1918），法国作曲家，其作品推动了20世纪音乐的发展。

的，且都在寻找对方艺术理论中的毛病。当然这一争论由来已久；但其持续到今日却表明了这种差异的巨大，对这一争论略加审视或许会有助于理解公众对其他领域的心态。有一些差异在于其表面：因而格鲁克的崇拜者会指出，他的经典之作表现出的是与日常体验截然不同的情感；这种情感在语言中的表现远不如在乐章和色彩中那么恰如其分。他的音乐确实与演员的情感密切相关，然而这种情感在本质上并不是戏剧性的，这种音乐在我们心中唤起的是一种普遍性的情感，而不是某种个人的体验。这种音乐与所表达的情感之间存在着一种契合，它是那样的出神入化，就好像是由音乐本身所引发的，舞台上的男女不过是对其进行了加强而已。简言之，那些神秘的形态，舞姿以及优雅的旋律不可思议地融合在一起，产生了一种完美的整体，其各个部分体现了一种我们难以用其他任何方式加以实现的美。然而瓦格纳的作品就不同了：他不仅在表达人类情感方面远比格鲁克更为准确，而且这些情感具有最为明确的特性；随着剧情的起伏跌宕，男女人物在激烈冲突的重压下往往会突然闪现出这种情感来。追随并表现他们的音乐往往会在我们心中激起最为强烈的同心情。然而正当我们在某一时刻不能自己，难以自拔时，却还存在着某种另外的东西。戏剧与音乐之间是否存在着某种裂痕呢？音乐（或许）在心灵中所唤起的联想与其他艺术所唤起的联想不相一致；而竭力要将它们调合为一种清晰的概念则是令人痛苦的，被唤醒的心灵继而又遭泯灭，其痛苦可想而知。诸如此类的东西，我们可以想象，就是某位先生离开上演瓦格纳作品的歌剧院抗议时所说的"这不是音乐"的含义。

然而瓦格纳在这两人中无疑更受欢迎，其主要理由是，他的故事和人物对于那些从不上剧院的人来说也是颇具吸引力的。他们发现瓦格纳的歌剧与戏剧非常相似，但更容易理解，因为其音乐对情感加以了强调。他们发现剧中的男男女女与他们自己非常相似，只是在感觉事物的能力上，这些人物还具有某种奇特的能力。随着剧情的发展，他们中究竟有多少人把自己视为特里斯坦和伊索德[1]，为他们自己具有深度的能力而振奋，然而又为自己不能承担其中的角色的那些片段而无动于衷呢？在瓦格纳作品上演的夜晚，廉价座位上会出现一些奇特的男女；他们的表情有着某种未开化的神态，好像他们尽力要在丛林中生活下去，依靠其基本的情感生存，对其同类所缺乏的犹如他们所称之为的"现实性"——非常敏感。他们在歌剧中找到了一种生活的哲学，低声哼唱"主题"以象征他们心目中的舞台，他们裹在黑色的大斗篷里，在泰晤士河堤上消磨掉自己的热情。还有瓦格纳学者式的观众，他们以电灯的闪光来透视"主题"，在复杂的配乐中教导那些卑微的女亲属。最后则是真正的崇拜者，对于这些理由，他们也许会加以包容或根本不因这些理由，来崇拜自己的大师，他们宣称，他所写的歌剧是音乐艺术最终也是最高的发展阶段。

　　吸引众多观众去看瓦格纳的歌剧的原因，是他们看到了那些同自己一样的拥有激情的男男女女，如果确实是这样，那么这一特性也同样使其他人感到不快。对于许多观众来说，泰特拉齐妮大人[2]在演唱《拉摩默尔的露契业》[3]时的如痴如醉的场景中已

---

[1]　《特里斯坦和伊索德》为瓦格纳创作的一部三幕歌剧，特里斯坦和伊索德是为爱殉情的男女主人公。

[2]　泰特拉齐妮（Luisa Tetrazzini，1871—1940），意大利花腔女高音歌唱家，以扮演《茶花女》著名。

[3]　意大利歌剧家G. 唐尼采蒂根据英国小说家司各特的小说《拉摩默尔的新娘》改编的歌剧。

达到完美的境界。首先，她是如何做到这一点的确实令人不可思议；其次她的音调完美无缺；然而，最主要的是，典雅的服饰、着迷的投入、旋律以及与死亡的结合令人难以抗拒。这正是那些男男女女的世界，而他们白天则在本质上或在职业上是精明务实之人。这些观点是简单的，但极为浪漫，而且往往置于相当豪华的场景之中。然而对于意大利歌剧而言，意见并不止一种；人们在观众当中完全可以找到一些老派绅士，他们沉浸在意大利女低音歌唱家玛丽布朗和男高音歌唱家马里奥的时代，"那时的歌唱是一门艺术"。而歌剧在他们看来，只是一种有着众多美好气氛的场合，与主要女歌手竭力施展技巧的戏剧并无关联。

这仅仅是一部分观点，但是各种看法似乎表明，对于歌剧真正的本质来说，无论如何都没有一种普遍接受的观点，而那些相信歌剧是一种严肃的艺术形式之人更是少数。"歌剧"这一词汇本身就会引起某种复杂的幻想。我们看到了宏大的建筑，巨大的曲线边墙，玫瑰色和奶油色的柔和色彩，从包厢上垂挂下来的环状花边，以及里面钻石的闪光。我们想到了这一点：在三角形的光芒闪耀起来，各种色彩移动变换之时，我们想到了它们所发出的嗡嗡声与展现的勃勃生机；当舞台布景呈现出来，歌声伴随着提琴声飞扬时，我们想到了那种奇特的沉静与朦胧。显然，在白菜地和贫民区如此奢侈地矗立着的巨大圆顶建筑，庇护着世上那一个最为奇特的，辉煌、华丽与荒诞的世界。

# 拜罗伊特印象[1]

音乐还处于其幼年期这一老生常谈在含混的音乐批评中得到了最好的证实。音乐的背后基本上无传统可言，而且这一艺术本身充满了活力，它完全窒息了那些想论及它的人。论及写作的评论家就不会令人惊异，因为他可以用某种早期的形式对几乎所有的文学形式加以比较，也可以用某些大家熟悉的标准对文学成就加以评判。然而在音乐当中，又有谁尝试过对施特劳斯或德彪西的工作加以如此的论述呢？我们在下决心涉及歌剧形式之前，我们就得评价其各不相同并得到强调的典型作品。这种缺乏传统、缺乏当前标准的评论，无疑是一位批评家所希望的那种最为自由、最为愉快的状态：它为人提供了某种机会，他可以像亚里士多德两千年前评价诗歌那样去评价音乐。然而事实是，充分展示音乐原理的工作做得极少，这就可以解释为什么我们在试图评价新音乐时的那种迟疑心态。而对于大家熟悉的老音乐，我们往往理所当然地接受，或只是集中精力注意女主角演员令人扫兴的一面的冷漠。它只是一种在某一天对某一时刻的批评，而第二天这

---

[1] 拜罗伊特，德国东南部城市，为音乐家瓦格纳长期演出其作品之地，后来为纪念他而定期举行音乐节。

一批评印记就被淡忘了。

于是，对一名不愿追寻事物本原并对老一套借口亦不满意的作者而言，就只有一种可能，他可以将其印象以一位业余爱好者的口吻写出来。在拜罗伊特巨大而空旷的房屋里，这种人大有人在；尽管他们极少冒险提出某种高见，但他们有着一种秘而不宣的信念：他们与其他人的理解并无二致；不管怎么说，他们热爱音乐这一点是无可置疑的。倘若他们在批评时显得犹豫不定，那可能是由于他们缺乏足够的技术知识以把握细节；于是对整体的评论就化为了模糊不清的公式、比较和形容词。然而，拜罗伊特的观众，其中不少是来自远方的朝圣者，都是以其能力来欣赏歌剧的，对于这一点，没有人怀疑。随着灯光的暗淡，他们坐进自己的座位而且直到最后的歌声停止之前，几乎难以发出任何嘈杂声；而当指挥棒放下时，整个房屋就会出现一阵紧张的战栗，犹如水中的涟漪一般。他们利用幕间休息来到阳光下的时候，就好像竭力要摆脱自己已获得的印象一样。尤其是《帕西法尔》[1]，它在心中是如此沉重，以致人们要听上许多遍才可能将其移动开来。这一观念的生疏性从一开始就妨碍了人们将不同的部分加以组合。人们隐约地感到绝不会到来的危机，因为他们已经习惯于寻求戏剧中男女之爱，或战火的解释，他们会因为音乐极为镇静、无动于衷的持续而迷惑。再者，从圣杯神殿到拥有众多鲜花、女郎和红艳盛开的花朵的魔幻花园，这一变化过于剧烈，以至于一时难以怡然过渡。

---

[1] 帕西法尔，《亚瑟王传奇》中寻找圣杯的英雄，亦指瓦格纳根据这一故事所作的歌剧。

然而，尽管这些困难巨大，但是对那种极深切而又难以表述的印象来说，它们并不会打破其表面化的东西。我们可能感到困惑，这主要是因为音乐业已达到了心灵还未造访的地方。在某个大教堂里得到极好演唱的圣歌略微透露出了这个大厅景观的一部分，它位于郁郁葱葱的远方，但只是透露出了其中的一个部分。教堂音乐过于呆板、平静，在其精神方面也过于确定，因而它不能像《帕西法尔》那样具有穿透力。而瓦格纳却在某种程度上传达了圆桌骑士获取圣杯的愿望，他的方式是将人类强烈的情感与其追寻的超自然的事物本质结合起来。我们听到这一音乐时，它使我们心如刀绞，就好像它的羽翅变得十分锋利一样。所有人心中都弥漫着这种情感并感受到同一事物，当音乐犹如在11号晚间奏响那样又奏起之时，这种情感创造出了一种开阔而又极带整体感的印象。圣杯似乎烧穿了所有临驾其上的东西；这音乐是惬意的，在某种程度上，没有其他任何东西可以达到这一点；情感融化了人，但与此同时又赋予他以宁静，因为音乐将词汇持续下去，我们并没有察觉到它的过渡。

　　或许这些崇高的情感属于我们存在的实质，它们极少得到表达，它们得到的最佳诠释是音乐；因此令人满意的东西，或不管人们把这种答复感，这种最佳艺术才能提出问题的答复感称作什么，在这里都往往得到了传达。瓦格纳犹如莎士比亚一样，他似乎最终达到了技巧的顶点，他可以自如地翱翔在自己开始时难以呼吸的地域；他艺术中的倔强部分在他的指尖融化了，他以自己的选择来塑造它。歌剧闭幕时，整部作品无疑还留存在我们心中。而其早期的作品在使幻想破灭时总有一些不尽人意之处；然而《帕西法尔》却犹如涌淌的清泉一般；其形态是牢固而难以分离的。在人们的心中，某一歌剧的气氛较之音乐本身有多少是源自其他艺术，这很难说。它是唯一与其他门类和谐共振的艺术。

在这最后的演出期间，完全有可能走出剧院来到夏日黄昏的温暖气流之中。透过剧院上面的小山，你可瞭望广袤的大地，它平坦，无遮无拦；它并不美，但异常广大，平静。你可以坐在郁金香丛中观察某位高大的老妇，她头上戴着蓝色无边棉布帽，就像丢勒[1]笔下挥舞锄头的人物。阳光使干草和松树发出阵阵香味，你若是愿意，可以想象着将这淳朴的景色与舞台布景结合起来。音乐停了下来，热烈的气氛，黄色的灯光，断断续续然而却悦耳的蚊虫和树叶的声音舒展着衣服的褶皱，在这令人愉快的环境中，心灵也不知不觉地放松，扩展开来。在下一幕间休息时，在7点和8点之间，这里还有另一幕，天色已经昏暗，空气令人清新；灯光显得更加微弱，街道也不再有明暗相间的阴影。大街上的树木中穿行着身着便装的人，他们身后是无尽的蓝色雾霭，他们使周围形成了某种奇特的修饰效果。歌剧终于结束时，天色已经相当晚了；从半山腰的地方看去，是一股马车行进的黑色洪流，车灯高高低低地摇晃着，犹如星星点点的火把。

这些室外的奇特间隔，就像幕布落下、升起一样，并不令人心烦，至少看《帕西法尔》是这样。树丛中的一只蝙蝠在草地里围着康德瑞的头上转，白色的飞蛾不停地在舞台上飞舞。在观看了《帕西法尔》两天之后就体验了《罗英格林》[2]，尽管不太公平，但还是令人好奇。一个各个部分充满活力的合唱在声音停止后，

---

[1] 丢勒（Albrecht Dürer，1471—1528），德国画家、版画家和艺术理论家。

[2] 罗英格林，德国神话中的圣杯骑士，为帕西法尔之子。

眼睛和手臂还随之在移动。这种合唱可以使一部作品产生效果，合唱在这一作品中意味深远，而合唱使作品产生效果的差异无疑是令人惊异的；在认识这一使人惊叹不已的演出的同时也就表明了另外的想法，与《帕西法尔》非常符合的同一环境使得《罗英格林》要大量借助于闪光的金属片和虚假的盔甲；人们会想到华丽的裙子和骑士的披风拖扯在肮脏的小径上，被矮树残梗穿刺、撕裂着。里面有这种军队的剧院应当围在有巨大橱窗的街道里；他们的辉煌逐渐暗淡下来，在空空如也的乡间遭受着惨败。

尽管这是《罗英格林》引起的一种印象，这印象能被认为是对有关音乐的看法吗？除了相当精通这门科学的作家外，或许根本没人能够决定哪些印象是相关的，哪些是不切题的，这正是业余爱好者容易遭到专业人士蔑视之处。我们知道美术批评家偏爱安吉利科[1]，这是因为那位画家跪在地上作画；另一些人则选择书籍，它们教导人要早起；而在歌剧节目单里人们却只能去读那些说明性的注释，毫无希望地被引向迷途。除了将音乐印象变为文学印象所特有的困难，以及由于词汇的联系偏于文学感的倾向外，在音乐领域还存在着进一步的困难，这一领域较之其他艺术领域，其界定要模糊得多。乐章越是华美，其含义的层次也就越是丰富，倘若我们理解了这一形式，在阐释上就多少无所顾忌。人们要我们将美丽的声音与我们自己的某种体验结合起来，或使其象征性地表现某种普遍性的本质的概念，或许正是缺乏这种清晰的表述，音乐才对我们拥有某种令人惊异的力量；其陈述拥

---

[1] 安吉利科（Fra Angelico, 1395？—1455），意大利文艺复兴时期佛罗伦萨画派的著名画家。

有一种普遍性概括的威严，但却包含着我们的情感。莎士比亚赋予了某种类似的效果，当他使一个老保姆成为世界所有保姆典型的同时，而她却又保持着自己作为某一特定老妇人的个性。对于《罗英格林》弱点的比较使人们做出如此的思考，因为有许多段都显得演唱者心不在焉，而是以自己的美来打动观众。

与此同时，我们沮丧地认识到，能够诠释音乐的词汇是如此贫乏。当那瞬间的停滞结束，弓从琴弦上放下时，我们的界说便已不复存在，词汇也随之消失在内心之中。慰藉是如此巨大，而当这一思绪过去，我们又采用自己的老工具时，这一欢乐又是多么巨大！这些界说确实限制了艺术的疆界并规范着人们的情感，它们是相当独断的；而在拜罗伊特，在那音乐消失在空气之中的地方，我们头脑中充满着《帕西法尔》，在黑夜空旷的街道上漫步走着，在这里，寺院花园盛开着和其他地方同样的魔幻般的鲜花，声音融进了色彩之中，色彩呼唤着词汇，在这里，我们从这一普通的世界之中飘然而起，只允许呼吸和观看——我们正是在这里看到了人类之间的情感之墙是如此之薄；我们的印象拥有那些我们并不愿意分离的因素，它们融合得如此难分难解。这一年对拜罗伊特的最终印象之中，尽管实际的演出（如果除去《众神的黄昏》[1]还没听）水平低于伦敦的许多演出，然而，美依然是压倒一切的。其乐团较差，几乎没有著名的歌手、提词员不断的提示等令人失望的细节可以提供出来；但是忍耐似乎更好一些，因为他们必须跨过英吉利海峡。

---

[1] 《众神的黄昏》，德国作曲家瓦格纳所作的四部曲《尼伯龙根的指环》中的第四部。

# 文学地理

    有两本书[1]属于称之为"朝圣"系列的丛书,在此行程之前,有必要考虑我们是以何种精神这样去做。我们或许是出于情感的因素前去朝圣,萨克雷[2]按过这个门铃,狄更斯在那个窗户后修过面,就在这些事实中,我们会发现某种激起我们想象的东西;或许在朝圣中我们会以科学的态度走访伟大的小说家所居住过的乡间,以便了解其环境在何种程度上对这位作家产生了影响。两种动机往往交织在一起并能够得到满足;犹如和司各特[3]、勃朗特姐妹[4]、梅瑞狄斯[5]或哈代[6]的情况一样。可以说,这些小说家每人都

---

    [1]   此处两本书指梅尔维尔和基顿所作的有关萨克雷和狄更斯的传记。

    [2]   萨克雷(W. Thackeray, 1811—1863),英国小说家,代表作有《名利场》。

    [3]   司各特(Sir Walter Scott, 1771—1832),英国苏格兰小说家、诗人、历史小说首创者,代表作有《艾凡赫》等。

    [4]   夏·勃朗特(Charlotte Brontë, 1816—1855),英国女作家,代表作有《简·爱》。艾·勃朗特(Emily Brontë, 1818—1855),英国女作家,代表作有《呼啸山庄》。安·勃朗特(Anne Brontë, 1820—1849),英国女作家,著有《艾格尼丝·格雷》。

    [5]   梅瑞狄斯(George Meredith, 1828—1909),英国小说家、诗人,著有《利己主义者》。

    [6]   哈代(Thomas Hardy, 1840—1928),英国小说家、诗人,代表作有《德伯家的苔丝》。

拥有一块无人争执的精神领地。他们之所以使这些领地成为他们自己的，是因为他们对这些地域的阐释已在我们心中形成了难以磨灭的印记，因而我们对苏格兰、约克郡、萨里郡以及多塞特郡的某些地方十分熟悉，犹如我们对居住在那里的男男女女一样感到亲切。对土地的灵感如此敏感的小说家本身就能够描述这一土地上的人，这些人在某种意义上就是这一土地上的创造物。司各特笔下的男人和女人就是苏格兰人；而勃朗特小姐是如此喜爱她的沼泽地，任何人都不及她那样能生动地描绘出沼泽地所产生的奇特的一类人；因而我们不仅可以认为小说家们拥有一块领地，而且所有居住在那里的人们都是他们的主题。也许这样谈萨克雷的"乡间领地"或狄更斯的"乡间领地"有点儿不合适；因为乡间这个词不免使人想起树林和田野，你或许读了这些文学大师的大量作品之后也难以相信，其整个世界全是卵石铺成的。萨克雷和狄更斯两人均是伦敦人；而乡间在他们的书中极少出现，而乡下的男男女女，这些乡下富有特色的产物，更是极少出现。然而说一个人是伦敦人，这只是暗示了他不是特定含义的乡下佬；并不是将其定义为属于任何公认的一类人。

就萨克雷而言，这一类定义远比通常认为的可笑；正如梅尔维尔先生指出的那样，他是一个世界主义者；他将足迹遍布作为基地的伦敦；其书中的人物也自然成为这一世界的公民。梅尔维尔先生说，"他所表现的是人而不是景物"。正是因为他对这一主题采取了如此广泛且变化各异的关注，所以沿着萨克雷脚步朝圣的唯一可能的景观就是伦敦这一伟大的世界。即便在伦敦，其作品《名利场》《潘登尼斯》和《纽克姆一家》的场景，人们也难以决定进香的确切圣殿。萨克雷并没有考虑这些忠诚的朝拜者的感情，他让作品中的许多地点都显得模糊不清。他的地点似乎是整个街区而非是具体的街道和房屋；尽管我们被告之，他完全知道贝基、纽克姆上校以及潘登尼斯居住的地点，而那确切房屋的照片却使我们难以想象。将这些不朽之物关进砖墙里使人觉得是某种不必要的暴力行为；在我们脑海当中，他们总是他们自己屋子的房客，因而我们是不允许他们迁到别处的。然而在追随萨克雷本人从一处迁移到另一处却没有这样的危险；而且，我们兴许在看他写作时居住的地方以及当时进入他眼帘的周围环境时，还会增加我们对他及其作品的了解。但是我们必须再次加以选择。加尔都西修道院和教堂、杰明街、扬街和肯辛顿都是萨克雷确切的领地，这些地点好像不仅折射着他的身影，而且还回荡着他的精灵；这些是他加以阐释和展现的地方。然而却需要无限的想象或某种心灵侍奉着伟人的靴子和雨伞，满怀热情地追随萨克雷的行程前往爱尔兰、美国以及欧洲大陆的所有地方；即便在翁斯洛广场36号，在布朗普顿，最为虔诚的朝圣者或许也难以下跪。

倘若我们出于分类的偏爱，将狄更斯描绘成一个伦敦佬的话，我们并不怎么歪曲了事实。倘若我们希望为他的王国划出一个范围，我们有可能在伦敦，甚至在伦敦的某些区域，划出一道清晰的界限。后来的基顿先生确实给我们带来了我们肯定会认为是过分热情且对此项工作过于琐细的知识，他的书开始部分是两三张朴茨茅斯及查塔姆的图片。他要我们想象幼年时代的狄更斯从圣玛丽广场18号上面的窗户中瞭望星空的情形，他还要我们确信狄更斯醉心于和家人及保姆在查塔姆附近田野中的漫步。人们以众多细节强制地想象在追随狄更斯走到其最后的栖身之地以前，不得不忍受某种完全难以支撑的包袱。而梅尔维尔先生就十分高明，他在写作萨克雷时忽略了"一百零一处次要的地点"，而只选择了在他看来是有意思的地方，从而使读者有可能从中进一步筛选。但是基顿先生的内心却是一个充满了有关狄更斯事实的独特宝库，他要让我们完全获益于他那令人惊异的考证。他不仅知道每一所狄更斯居住过的房子，而且还了解狄更斯在夏季待过一两个月的地方；他在告之我们，狄更斯似乎对"正面是半圆形的房屋"是如何情有独钟，他还描述了狄更斯待过的小旅店以及据说是他用过的杯子和他曾坐过的"硬木椅"。若是人们依据这一指南，这一朝圣就将是非常严谨的；我们不仅怀疑，这样的朝圣者最终是否会比他开始时对狄更斯及其作品有更多的了解。这部书最为生动、最有价值的部分是对狄更斯年轻时居住过的地点的描写，即他出名之前并得以购下他称之为"令人惊讶的豪宅"之前所居住过的地方。正是卡姆顿城这些冷清、肮脏的后街以及德特监狱的四邻才使得他汲取了一种生活观，他在后来的写作中将其十分精彩地再现了出来。这些早期的经历读起来确实像是大卫·科波菲尔的第一幅草图一样。可能没有人像狄更斯那样对伦敦有着如此亲切的了解，没有人像他那样以如此熟悉的材料描写这些街区的生活。他孤独一人时确实是郁郁寡欢的。他曾有意到乡下去了一两次，以便搜集一些地方色彩，而当他从中获得了某些词汇时，他又不想再用这些词汇了。他的夏日假期是在各类海滨度过的，而伦敦那些他所居住过的房子给他的感受是多方面的。这本书确实是这类细节的堆累，然而人们总可以从狄更斯本人的写作中得出其领地的印象。

或许，当事事都说到了的时候，就往往会出现这种情况。一位作家的领地是其自身头脑中的地域；倘若我们试图将这些幻象般的城市变为实体的砖石和灰浆的话，我们便会冒着使幻象破灭的风险。没有路标和警察，我们也知道要去的地方，我们不需介绍就能与路人打招呼。确实没有任何一个城市能像我们为自己，以及为犹如我们这样的人所建造的城市这样真实可信；若坚持认为地球上的城市中有极为相似的地方，实是将其魅力剥夺了一半。同样，伟大的故人以其各自的外观来到我们每一个人当中，其形象较之任何血肉形体更为我们所贴近，更为持久。因而，在所有的书中，一些书却试图向读者心灵灌输伟大人物曾经活着，就是因为他们在这座或那座房子居住过的事实，这类书似乎是最无理由存在的书，因为萨克雷和狄更斯虽然与世俗的房子有关，但是他们无疑是活在我们的头脑之中的。若是必须要写这类东西，那么就应当像梅尔维尔先生那样写。而出于这样的理由，基顿先生之作对我们来说似乎是败笔，而且对于他所尊重的大师反而起到了伤害作用。这两本书的图片均十分精彩，我们仅对其中一张持有异议。梅尔维尔先生显然能找到比G.巴尼特·史密斯所作的萨克雷铜版像更为令人愉快的肖像来，这张作为卷首插图的肖像，是否赋予了这颗硕大而令人熟悉的头颅某种极不恰当的类似物呢？

# 地点的画像[1]

　　对于给一个地点的画像着色来说，好像是最简单不过的事了。那位肖像模特永久地靠在那儿，就在客厅窗户外以某种完全沉静的姿态靠在那儿；不论什么时候需要他，他都会在那里；对于任何打量和分析，他都丝毫不在意；而且也不必担心他在想什么。我们在表明他有性别的时候，就确实对这一点过分留意了。如此这般地表现一位风景艺术家的工作，显然是极不恰当的，因为作家这样做并没有带来令人鼓舞的成果。你若想了解康沃尔、威尔士或诺福克某个城镇的面貌，最佳的方案就是找到一张地图，对其形态加以研究，这样说确实是很有把握的。这张彩色的纸上总是有着比地名更多的东西，它有巧克力形状的山脉，纯蓝的海，其星星点点的村庄比用普通词汇所标明的地名更有意味，而这些东西用词汇是安排不出来的。拥挤的地名，锯齿般的海岸线，船只穿行世界的曲线，这一切都是从大地本身的心中酿造而来，它们是充满浪漫色彩的事实之精华。若是有人拒绝采用这样的工具，那么其心灵必定是迟钝的。这或许是因为，英国毕竟是

---

　　[1]　本篇标题取自亨利·詹姆斯1883年的同名文章。一译为"所到各处图景"。亨利·詹姆斯（Henry James，1843—1916），美国小说家、评论家，晚年入英国籍，主要作品有《淑女画像》。

一个异常实在且古老的地方，而一页印满词汇的纸只是选择了最表面的一小层。而最快捷的图像是人们用眼睛获得的，其中包含着许多巨大的差异，尽管大脑不可能将其分离开来，也难以用其正确的名称来称呼它们。在你或许读到过，想象过，或突然想到的那些事物之间，存在着许多联系，它们与天空和草场的蓝绿色浑然一体；在英国没有一块田野——正如亨利·詹姆斯先生所言——"不让人产生联想"，不让人加以详述。地域心理学确实越来越复杂，你越是对各类地点加以考虑，就会觉得其惊异之处就在于，任何书面的图像都不应当只是在其表面蒙上一层轻薄的、毫无生气的面纱。对实实在在的事物的第一次接触，那些上面有着交叉剑的名字，门上有着年份的农舍，这些实际存在的事物完全可以把这层面纱撕开。

又有哪位当代作家能以我们所熟悉的记忆、情感和体验——这些在平静的表面之下沸腾、融汇的东西——在纸上展现出如此壮观的景象来呢？要是有人适合这项任务，那他肯定是一位在其他平静的表象之下也有着惊人发现的作家。对于亨利·詹姆斯有关英国乡村的各个方面的描述，我们确实不仅可以以愉快的心境，并可能以从中获益的方式加以阅读，而且还可以以消遣的心态来阅读。人们总是想找一张客观反映自己所在之地的画像，要是暂时忘记这一目的就会发现，我们自己就是这画像的一部分。我们自己确实可能被说成是其中的花朵。显然这种花只能用手从外面摘取。詹姆斯先生是以一种比本地编年史家更胜一筹的方式开始的。在他的眼中，我们是所有那些早已消失的、自然的、极有意义的东西所导致的结果，我们的行为和态度在强调伦理，我们的行为和态度所画出的画对于一位与此相关的，但是患着近视眼的人来说，是难以感受的画像。或许正是这种不足之处才使得我们自己有关同类的陈述显得如此露骨。作为一位来自美国的陌生人，詹姆斯先生也享受着另一种优势，因为他是带着一种不曾被习俗所误导的眼光来到我们大多数的地点和机构之中的。除此之外，他还有自己独特的领悟和描述，你完全可以从他那里获得一张画像，一张既令人愉快又具有洞察力的画像。

与詹姆斯先生那些有关异国他乡的文章相比，他这些令人愉快的文字并非更加沉稳，更加具有说服力，这一点是可以肯定的。他的态度是一个不负责任的客人，他可能把欧洲看成了一块得以保留的娱乐场所，对于他自己的消遣而言，其最初的作用已经消失。而对于主人来说，他所有的责任在于观察与众不同的态度和印象；就其口味中的机智和歧视而言，若是带有任何种族或政治偏见，那就无疑是极其有害的。再者，也用不着他来提什么建议。一位以此为生的业余爱好者在世界各地闲逛，将大脑用作敏感的摄影胶卷来感应那些外在的事物，就其成熟的年龄段来看，他所拍摄的景观拥有一种独特的魅力，也有价值。这一过程似乎是如此简单，如此轻松，人们只需闲荡在一幅图像前，或随意在一个教堂周围漫步，或在城里闲逛，此时所有的图像都会在头脑中储存起来，时机一来，就将它们在一张纸上摊开。这不过是人人都可以做的事，可以说，只要我们集中观察某个恰当的地点就可以做到；然而不幸的是，如果你是一个本地人，就总有某种事使你难以对这一地点平心而论。只有一个美国人才能对历史遗址做到不偏不倚。只有一个美国人才能对沃里克郡写得如此广泛、温情和幽默，正如詹姆斯先生所写的那样，因为没有一个英国人能轻而易举地忘记莎士比亚正是出身于此。詹姆斯先生当然也没有忽略这一事实；然而他试图在暗示，这毕竟是从这一景观中所期望的东西。当然这是很重要的事，你会相信他"正要进酒馆向奎克力夫人要一杯萨克酒"[1]。接着，他相当自然且彬彬有礼地接过酒，就好像是提出一个有关十四行诗的建议，来讨论那些在牧师住宅花园前打网球的年轻英国妇女的气质和外貌一样。据他所言——没有不列颠人说得出口，她们拥有"某种东西，他可以将此作为惬意的健身方式加以最好的描述"。"这位金发生灵有着一张椭圆形的脸，清澈的棕色眼睛发着安详而温暖的光芒……那位年轻人脸对着她站在那里，缓慢地搔着自己的大腿，移动着双脚。他的蓝眼睛诚恳而呆傻，坦露的笑容显出他那整齐的牙齿。他穿着入时，一身笔挺。那美丽的姑娘说：'我想它很大。''它确实很大。'那位俊男说道。'它们大的时候就更好。'他的女对话人说道，过了好长一段时间两人都没有说话。"

没有一个英国作家会想到这一景观值得一写，也不会有任何莎士比亚专家会相信这会有助于对其文本的理解。但是正如詹姆斯先生所讲述的，它有助于理解所有的事物。因为它并不是源自英国花园及城堡里的这类古老话题；如果它不是莎士比亚时期所谈的同一类事，在这延绵不断的链环之中，莎士比亚本人难道不是其中的一环吗？应该承认，我们在詹姆斯先生的书页之中发现自己是如何引人注目，这多少有些令人惊讶；若不是为了这种展示所特有的优雅及都市风格，我们或许完全会怨恨自己所处的位置。依据他的观点，我们完全老了；我们充满了远古的举止和陈旧的话语；我们在自己的顶端已经积累了如此厚重的传统与遗

---

[1] 此句为詹姆斯文中的话，下面引文出处相同。

产，以致原有的实体已很难被发现了。好在它与所有的一切已经完全融为一体，就连最普通的一把英国泥土，就像乡村茶会上最普通的俊男少女，也都是某种庄严神圣且细腻微妙的东西，或许远远不止是有几分古雅。我们或许对这种极为丰富而复杂——用两个常用的形容词来说——的东西并没有意识到，对我们的性情并没有意识到，因而这年轻人如此对待我们并不是完全令人愉快的事。但要是需要的话，我们可以在这本书名《地点的画像》上加上一句"或一个美国人的画像"，因为二者同处一处，我们会因此好受一些。倘若我们在要求一幅我们自己的画像的时候，我们看到了美国的许多东西，而这些东西是通过我们自己所反映出来的话，而当那一画像最终又是如此富于魅力并如此真实的时候，那么，我们还没有理由对此加以抱怨。

.